蒙娜之眼

MONA'S EYES

LES YEUX DE MONA

III

BEAUBOURG

湯瑪士・謝勒斯 Thomas Schlesser／著

李沅洳／譯

III

龐畢度中心

時報出版

35 〈藍騎士年鑑封面畫的習作〉
Étude pour la couverture de l'Almanach Der Blaue Reiter
◎瓦西里·康丁斯基
(Vassily Kandinsky, 1866-1944)
1911年

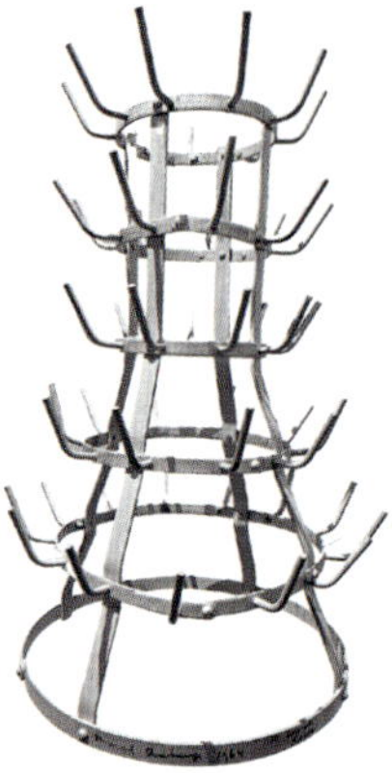

36 〈瀝水瓶架〉
Porte-bouteilles
◎馬塞爾·杜象
(Marcel Duchamp, 1887-1968)
1914年／1964年

37 〈黑十字〉 *Croix [noire]*
◎卡濟米爾·馬列維奇
(Kazimir Malevitch, 1879-1935)
1915年

38

〈紅色、黃色和黑色條紋〉
Stries rouge, jaune et noir
◎喬治亞·歐姬芙
(Georgia O'Keeffe, 1887-1986)
1924年

39

〈紅色模型〉
Le Modèle rouge
◎雷內·馬格利特
(René Magritte, 1898-1967)
1935年

40

〈空中之鳥〉
L'Oiseau dans l'espace
◎康斯坦丁·布朗庫西
(Constantin Brancusi, 1876-1957)
1941年

41

〈母親〉*Mutter (Mère)*
◎漢娜·霍克
（Hannah Höch, 1889-1978）
1930年

42

〈框架〉*The Frame (Le cadre)*
◎芙烈達·卡蘿
（Frida Kahlo, 1907-1954）
1938年

43

〈晨歌〉*L'Aubade*
◎巴布羅·畢卡索（Pablo Picasso, 1881-1973）
1942年5月4日

44 〈繪畫（黑、白、黃與紅色上的銀色）〉
Peinture (Argent sur noir, blanc, jaune et rouge)
◎傑克森·波洛克（Jackson Pollock, 1912-1956）
1948年

45 〈新娘〉*La Mariée*
◎妮基·德·聖法爾
（Niki de Saint-Phalle, 1930-2002）
1963年

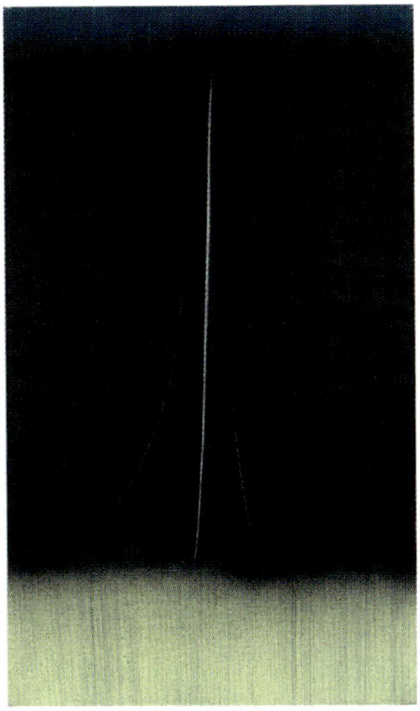

46 〈T 1964-H45〉*T 1964-H45*
◎漢斯·哈同
（Hans Hartung, 1904-1989）
1964年

47
〈No 26-1976 黑色船首〉
No 26-1976 Proue noire
◎安娜—伊娃·伯格曼
（Anna-Eva Bergman, 1909-1987）
1976年

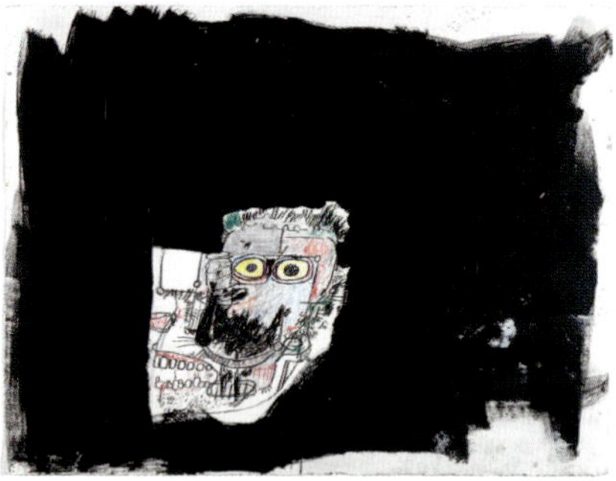

48
〈無題〉*Sans titre*
◎尚—米榭爾·巴斯奇亞
（Jean-Michel Basquiat, 1960-1988）
1983年

49
〈珍貴的液體〉*Precious Liquids*
◎露易絲·布爾喬亞
（Louise Bourgeois, 1911-2010）
1992年

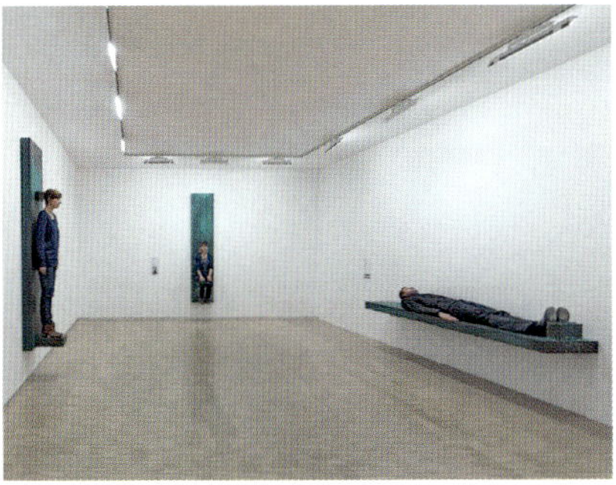

50

〈清空船隻，順流而行；
白龍：站立；紅龍：坐下；青龍：躺著〉
Vider son bateau, entrer dans le courant;
Dragon blanc : debout, Dragon rouge : assis,
Dragon vert : couché

◎瑪莉娜·阿布拉莫維奇
（Marina Abramović, 1946年出生）
1989年

51

〈C.B.不可能的一生〉*La vie impossible de C.B.*

◎克里斯蒂安·波東斯基
（Christian Boltanski, 1944-2021）
2001年

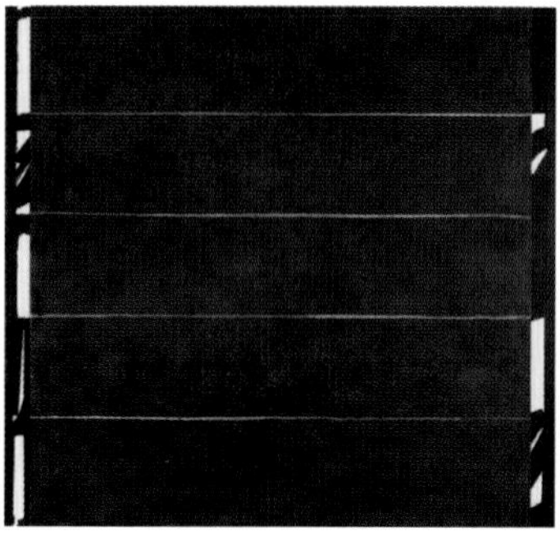

52 〈畫作，200 x 220公分，2002年4月22日〉
Peinture 200 x 220 cm, 22 avril 2002

◎皮耶·蘇拉吉
（Pierre Soulages, 1919-2022）
2002/4/22

第三部 龐畢度中心

III

BEAUBOURG

第三部——龐畢度中心

35

瓦西里．康丁斯基

在每一事物中尋找靈性

35

Vassily Kandinsky

Trouve le Spirituel en chaque chose

就這樣，小學生活的篇章翻頁了，很快就要進入中學，蒙娜並未察覺到這一點。她沉浸在學年末園遊會的歡樂裡，與莉莉和婕德開懷大笑，玩著丟罐子遊戲[1]。這三個朋友一局接著一局地玩，每次罐子在喧天的歡鬧聲中爆出巨響，她們就會發出勝利的尖叫聲。

興奮不已的她們進入教室，哈吉夫人在教室裡展示大家花了一整學年精心製作的模型。迪亞哥做的月球模型在發光的盒子裡旋轉，婕德也幫了一點忙。這個模型引起大家的好奇，大人們像羊群一樣推擠成一團，想要接近這個立體模型。然後，不知為何，悲劇發生了，在一陣混亂後，人們發現紙漿月亮被壓爛了，那顆銀色的大球扁得像張可麗餅。這是意外嗎？還是人群推擠的結果？或是嫉妒者的蓄意犯罪？沒有人注意到任何事情；這看起來就像是惡魔的殘忍行為。那個月亮模型壞了，大家通知了迪亞哥。他默默地花了三、四秒反覆咀嚼這個消息，然後就消失了，再也沒人見到他。

至於蒙娜和莉莉的模型，它展示的應該是莉莉未來的房間，其中有一個很可愛的細節，女孩們將一隻貓的小雕像塞進一個大籃子裡。那是一個從舊貨店偷偷拿出來的維爾圖

---

*本書註釋皆為譯註。

1 丟罐子遊戲（chamboule-tout）是一種源於歐洲中世紀的遊戲，目前仍可在市集或節慶上見到。

尼家族小雕像，蒙娜記得那位丹迪男是爲了重建回憶，才收集這些雕像的，他把雕像變成他的記憶劇院，她則反轉了這個過程：這個鉛製的小貓模型蜷縮在四面迷你牆內，這是一種對未來的呼籲，一個對莉莉父親的懇求，他也像其他父母一樣，擠在他們小孩的創作前面。訊息已經傳達到了，這隻動物將會和他們一起啟程，他發誓會這麼做。

莉莉不打算就此罷休，她接著懇求父親在搬家後，邀請蒙娜和婕德去義大利找她。他含糊其詞地表示可以安排在萬聖節假期。莉莉勃然大怒：

「萬聖節！太久了！不公平！我討厭你，我討厭這一切，討厭！討厭！」

蒙娜知道她必須讓她的朋友平靜下來，於是她數著指頭，巧妙地示範：

「莉莉，四個月之後就是萬聖節了。但是，其實我們想一下，就是一年十二個月裡的四個月，也就是把一年分成三等分……。就只是一年的三分之一而已。」

這種分數簡化法讓人想到還沒有完全拋開的學校生活，這把莉莉逗笑了，巧妙的數學運算讓她更容易接受這段見不到面的時光。女孩們喧鬧著再次去挑戰丟罐子遊戲。

*

蒙娜從未見過龐畢度中心，而亨利．維耶曼像大家一樣稱它為「博堡」[2]。這場名稱論戰讓人記住了一個中世紀的古老稱謂，而不是對一位熱愛現代藝術的法國總統的嶄新記憶。蒙娜與她祖父一起探索這棟建築物，她震驚萬分，這些鮮明的色彩和巨大的管狀網絡給她的印象就像是一個巨大的玩具，她很難相信一間博物館的外觀會這麼不嚴肅。這座建築就這樣在七月天裡，留下一種充滿趣味的氛圍。此外，在建築物前方略微傾斜的廣場上，有兩名年輕男孩似乎玩得很開心，他們的肌肉非常發達，正在進行一場瘋狂的表演。第一個男孩頭朝下，雙臂伸直，與地面垂直，雙腳懸空倒立，僵硬得像字母 I；第二個男孩則攀上他的身體，手掌緊抓著他的鞋底，並採取同樣的姿勢。蒙娜將他們與龐畢度中心相比較，因為那棟建築也是上下顛倒的。亨利進一步解釋，人們沒有把樓梯和電梯、通風設備、水電管線、管罩以及機械設備藏起來，而是讓它們全部顯露在外。蒙娜已經在想像自己進入了巨大的管子裡，並在其中玩了一趟雲霄飛車，但是她祖父急忙制止她的遊樂園幻想。他帶她到一個古典優雅的陳列廊裡，去欣賞一幅小型的紙上創作。

2 博堡（Beaubourg），龐畢度中心所座落的歷史街區名稱，也是巴黎人對這棟建築物的口語暱稱。

一名披著紅色斗蓬的騎士騎著一匹白馬，白馬騰空而起，斜斜地從構圖的左側飛向右側。牠的腿水平地向前與向後伸展，就像我們過度簡化地描繪全速奔跑或越過障礙的動作一樣。這是一幅習作畫，也就是一件簡略的預備作品，當然還未完成。這幅畫非常簡化，甚至帶著童稚的笨拙，因為主角和動物其實只是沒有細節的墨線；他們被簡化為側面剪影。橙色的背景在躍動，暗示著那是黃昏或黎明的光芒，而周圍的圖案非常不確定、難以形容。我們分辨出四個圖案，它們或多或少出現在這個看起來像長方形的四個角落，而這個長方形即是描繪這個場景的區域。在左邊，底部有一棵乾枯的黑色松樹，重疊在一片綠色的水彩色塊上；頂部有一片範圍更大的綠色水彩色塊，這個區域的輪廓首先是鋸齒狀，接著是圓形。在右邊，向中心延伸進來，頂部有一個像馬且與馬平行的細長形狀，像一朵雲，與半圓形的太陽毗鄰，這顆太陽緊靠著騎士的斗蓬。底部的角落似乎被侵蝕、切割了：一塊帶有酒紅色和淡紫色的色塊形成一張向天空延伸、如樹根般的黑色網絡。陰暗的洞孔彷彿懸浮著，布滿整幅畫，最後，我們必須指出，這個圖像在深藍色背景的襯托下顯得格外突出，而深藍色同時也是騎士身體的顏色。

蒙娜花了二十分鐘檢視這張圖畫，立刻就確信，在它看似簡單的表面背後，蘊含著巨大的複雜性。她也喜歡解說牌上寫的藝術家名字，唸起來如水晶般清亮：瓦西里．康丁斯基……

「這是俄國名字。」亨利解釋道。「他於一八六六年在莫斯科出生。妳看到的這幅小圖畫創作於一九一一年。所以，我們可以說藝術家在創作這幅畫時，已經四十五歲，是個成熟的大人了。他的性格非常穩重與理智，他其實應該去當大學教授的，他在畫架前總是確保衣著非常優雅，不是穿著工作服，而是穿著西裝……」

「是嗎？他看起來更像是小孩子在畫畫。」

「或許是這樣，但是妳不記得我們在塞尚畫作前談過的話嗎？」

不，蒙娜記得，但是她要求再提醒她一下。於是，亨利再次解釋，有些畫家如何試圖重回年少時代的基礎語言，將這種看似稚嫩的表達方式發揮到淋漓盡致。

「在這裡，蒙娜，有些圖案是可以辨認的，妳可以看出來嗎？」

「我看見一個男人騎著白馬；他穿著藍色的衣服，披著斗蓬，他們看起來像是要奔向天空。周圍的東西比較難說，例如這些黑黑的東西，像煤炭塊，到處飄浮，我們會猜想那到底是什麼。」

「是的，那是無法用言語形容的。騎士飛翔的空間隱約讓人想到大自然的圖案，例如樹木、有雲的天空、也許還有一座小山丘，但其實這些都是很自由的形式，更耐人尋味的是，它們並沒有企圖仿照任何我們熟知的東西……。所以，我們應該可以說它們都是抽象的。讓我告訴妳一個關於這幅畫的故事。一九〇八年的某個晚上，康丁斯基回到他在德國穆瑙[3]的工作室，在這個熟悉的昏暗處所中，他突然發現某個完全出乎意料的事物……，一幅充滿華麗色彩的謎樣畫作，但沒有任何的主題。他不認得這件作品，而且這件作品對他產生了非常大的影響……」

「它怎麼會出現在他的工作室裡？一定是有人想要跟他開玩笑。」

「是命運跟他開了這個玩笑……。事情是這樣的：在日落昏暗模糊的光線中，他事實上沒有認出那是他自己的一幅畫。這幅畫其實是被放在角落，而且因爲被放顛倒了，所以他也沒看出那是風景畫。他只認出鮮豔的色彩和自由發揮的線條。」

「啊，原來顛倒了……。我懂了，關鍵是水彩、墨水的線條與細微差異的美感。我們曾在惠斯勒的作品中看過，你還記得嗎？」

「完全沒錯，蒙娜。現在，看看那位騎士……」

「……騎士，」孩子用一種突然充滿情感的語氣接著說道，「騎士，他構成了一條斜線（她帶著某種驕傲說出這個詞），他跳了起來，但是動作非常誇張，我們甚至會以爲那是火箭！還有黃色、橙色、紫色，看起來就像畫面藍色周圍的中間的一團爆炸，這是飛向空中的火焰。」

蒙娜用手模擬飛機起飛的模樣，與康丁斯基畫中的動物和大片的斜向雲朵平行。她邊做動作，嘴巴邊發出巨大的引擎噪音，這引起了亨利的注意，他抓住孫女伸出的指頭，溫柔地緊緊握著。他突然意識到，創作這張圖畫的時期正好與航空學誕生的時期重合。於是他向蒙娜談到一九〇九年，路易．布萊里奧[4]駕駛他的單翼飛機橫渡英吉利海峽的壯舉，還提到了早期太空探索的夢想。然而，他也解釋，康丁斯基與其同時代的許多藝術家一樣，他們身上都同時存有兩種明顯矛盾的影響：一方面，他們喜歡回歸自然的本源，喜歡

[3] 穆瑙（Murnau，全名是 Murnau am Staffelsee），這座城市位於德國南部。

[4] 路易．布萊里奧（Louis Blériot，一八七二—一九三六），法國發明家暨飛行家。

原始、有時是粗糙的大衆文化；另一方面，他們熱愛一切與世紀初的科學發現及技術創新有關的事物。

「眞有趣。」蒙娜補充道。「有很長一段時間，數以百萬的人都想上天空，他們說或許能在那裡找到天堂！在這裡，康丁斯基告訴我們，隨著時代的進步，我們終將能夠在死前輕鬆地造訪上帝與天使！」

亨利感到安心，因爲他的孫女剛才確實表達得既優美又得體，但仍帶有一絲純眞的童稚，他因而明白，她離進入青春期還很遙遠……。他尤其注意到還必須教她許多的細微差異，才能讓她更加理解象徵的意義。康丁斯基要說的，顯然不是我們眞的能夠利用任何機器短暫造訪另一個世界；他之所以發揮征服太空的想像力，是爲了鼓勵世人轉向靈性世界。

「我想到了。」蒙娜在沉著思考後開口。「身爲騎士，他是自由的，他想去哪兒就往哪兒奔馳！他去冒險了！還有啊，他是藍色的，這一點很重要，因爲這是天空的顏色。我們去看拉斐爾的〈花園中的聖母〉時，你曾這樣跟我說過。這位藍色的騎士象徵了我們的心靈，他可以去任何他想去的地方。」

「而且這位藍騎士，或是德語所說的 *Blaue Reiter*，他將成爲一個藝術家團體的團結象徵。再說，這個圖畫原本就是爲了這個團體的雜誌插圖而創作的。在這本雜誌裡，康丁斯基和他的朋友們解釋，他們想爲充滿詩意和夢幻的事物提供一個廣闊的空間；他們希望藝術和工藝能相互對話，沒有任何區別或等級之分；他們想要擺脫僅僅描述眼前所見之事物的枷鎖。妳看，蒙娜，這裡沒有樹木、沒有岩石，這片風景中沒有任何東西眞的像我們在外在世界所見的，而是比較像心靈的圖像，像我們可以在自己內心看到的鮮豔色彩和混亂的線條，會隨著穿越我們意識的抽象閃光而出現……」

「……還有我們的無意識。」蒙娜插嘴道，她記得克林姆那堂課以及佛洛伊德。

「沒錯，康丁斯基不想要只與人類眼睛之所見或其意識對話，因爲那只是與存在的表面交流而已，他想要觸及他人的靈魂。」

蒙娜一臉驚愕，沉默了好一會兒。與某人的靈魂交流，這到底意味著什麼？

亨利看她一臉茫然，突然哼起歌來，他的聲音低沉，能在顎骨的最深處產生共鳴，那是華格納[5]的《飛行的女武神》，他才清唱了幾個音符，蒙娜就開始扭動雙腿，而他笑了。

「蒙娜，妳有沒有感覺到音樂如何直接觸動妳最敏銳的心弦？這是妳的整個靈魂開始產生共鳴了。這個嘛，康丁斯基也是一名懂音樂的行家，他要求繪畫要達到相同的強度，並發展一種能夠創造全面情感的新語言。康丁斯基說（亨利憑記憶引述）：他想教我們的是『讓靈性存於物質和抽象的事物之中』。康丁斯基要說的是，一切都可以是神聖的，無一例外。透過關注我們周圍的世界，關注最細微的形狀、顏色和輪廓，我們應該能夠瞥見神性，無論是在俄國鄉村裡製作的最不起眼的物件，還是光線，或甚至是簡單的鳥鳴。從此以後，我們不再需要前往任何廟宇，才能喚醒每個人心中的火焰，因爲火花無處不在。」

蒙娜繼續花了好幾分鐘凝視著康丁斯基的圖畫，但她並沒有將注意力放在騎士本身，而是沉浸在顏色裡，特別是那塊充滿活力的藍色以及像根狀的黑色粗線條。她的腦中迴響著《飛行的女武神》。

---

5 華格納（Wilhelm Richard Wagner，一八一三—一八八三），德國作曲家。他的代表作之一是《尼伯龍根的指環》（德文爲 *Der Ring des Nibelungen*），這是由四部歌劇組成的系列作品，《飛行的女武神》（*Chevauchée des Walkyries*）是第二部歌劇《女武神》（德文爲 *Die Walküre*）第三幕的開場曲。

36

馬塞爾・杜象

搞亂一切

36

Marcel Duchamp

Mets le bazar partout

保羅和蒙娜去了諾曼第埃夫勒[6]的市集。在七月的陽光下，他租了一個小小的週日露天攤位，就夾在舊衣商和可麗餅棚屋之間。他在那裡展示了六部經過改裝的老式撥盤電話原型，這些電話被拆解後，改造成能夠撥打行動電話的裝置。最引人注目的是一個附有金屬鐘形的木製電話，不禁讓人回味起普魯斯特[7]的年代。人們經過，好奇地停了下來，並顯得興致盎然，最後聚集了一群人，保羅反覆示範他的作品。一天即將結束時，他的身邊已經圍了一小撮人。由於這些只是原型，因此必須事先預訂，才能收到量身訂做的裝置。顧客難免失望，卻讓他們更加熱切，當天的成果非常令人鼓舞，大約晚上七點半時，保羅已經收到了十一份訂單，每一份訂單的金額是三百歐元……。地方報紙《巴黎—諾曼第》[8]的記者來訪，並承諾至少會寫一篇簡短的報導，還爲他拍了照片。拍照時，蒙娜建議她父親一手拿著木製聽筒，一手拿著觸控式螢幕手機。舊衣商和可麗餅攤的老闆也很高興，因爲被保羅攤位吸引而來的顧客也提高了他們的營業額，最後蒙娜得到一頂大紅帽和一塊最熱門的利瓦羅乾酪沙拉可麗餅作爲獎勵。

收攤時，最後一名客人上前來與保羅攀談。

「我馬上用六百歐元向您買下這個電木話機！」

說完，他遞出小面額的現金。保羅不敢置信，但是委婉地拒絕，並回說目前他只接受預訂。

回蒙特伊的路上，蒙娜不斷打量著父親，儘管今天的收穫滿滿，但他仍保持著原本的謙遜與良善，她為他感到高興。她問他願意以多少錢賣出那台電話，保羅說他永遠不會賣，因為那是他第一台成功接通的電話。

「就算一萬歐元也一樣？」蒙娜堅持問道。

保羅笑著懇求她不要告訴她母親：就算五萬歐元也不賣！

聽到他將這個小物品視為聖物，她感到喜悅無比，很想要撲上去摟住父親的脖子，但他正緊握著方向盤，專心開車，現在可不能發生車禍！因此，她轉而緊抓著掛在釣魚線上的蟹守螺，去體會它那難以衡量的情感本質與神祕的價值。

---

6 埃夫勒（Evreux）是位於諾曼第地區的一個市鎮。

7 馬塞爾．普魯斯特（Marcel Proust，一八七一—一九二二），法國小說家，代表作是《追憶似水年華》（*À la recherche du temps perdu*）。

8 《巴黎—諾曼第》（*Paris-Normandie*）是一份一九四四年開始發行的日報。

*

亨利和蒙娜要前往龐畢度中心，就必須經過里弗利街[9]，這是一條既美麗又寬廣、充滿了奧斯曼風格的大街，市政廳百貨公司[10]就座落在這條街的五十二號。這是一間很大的百貨公司，一樓有很大片的玻璃窗，其中一個櫥窗裡面展示的是配備齊全、閃閃發亮的浴室，還配有一個多噴頭的淋浴間。蒙娜不禁想知道，如果有人當著行人的面，在裡頭全裸洗澡，會發生什麼事。亨利從字面上去理解這個孩子的話，並向她解釋，自二十世紀起，這樣的挑釁很有可能成爲藝術家的作品，然後大家就會談論「行爲藝術」。他進一步解釋道：

「在第一次世界大戰期間，出現了一場叫做『達達』[11]的運動，創造了一種極度瘋狂的新型小酒館，在那裡，人們可以做任何事：尖叫、跳躍、扭來扭去、高聲朗誦。這種無秩序的狀態本身就被視爲是一種創造，用來表達那個時代的荒謬。但是對行爲藝術的鑑賞主要是在第二次世界大戰之後才逐漸發展起來，當時人們開始將那些表面上看似違背美學或好品味的行爲視作藝術品。一個手臂中彈的男人、兩個相互叫囂直到精疲力竭的人、一個故意把自己鎖在密閉石室中且保持不動長達一週的年輕男孩……，這些無害、愚蠢、暴力、荒誕的舉止竟然都可以算是藝術作品。」

亨利覺得他的孫女對他說的話感到非常困惑，他愉快地再次強調：

「想像一下，這場瘋狂的冒險就是從這裡開始的，就在市政廳百貨公司！妳想進去看看嗎？」

蒙娜熱切地點點頭。但是亨利沒有推開商店的雙開自動門，而是牽著她的手，帶她去龐畢度中心。這一次，她完全搞不清楚狀況了。

這是一個懸吊起來的物件，是一個被稱為「刺蝟」的鍍鋅鐵製瀝水瓶架，由一個底座和五層直徑逐漸變小的圓環組成，但最後三層的直徑一樣大。每一層都有短桿子向外突出，間隔規律，形成大約一百一十度的鈍角。沒有一根桿子用來晾乾玻璃容器。我們可以

9 Rue de Rivoli

10 市政廳百貨公司（Bazar de l'Hôtel de Ville）簡稱ＢＨＶ，一八五六年開幕至今。

11 達達主義（Dada）盛行於一九一六年至一九二四年。

數一數，第一層有十三根，第二層有十根，接下來的三層，每層各有九根。這個物件的骨架由四根垂直的條狀物加固，我們可以看到幾顆鉚釘將它們焊接在一起。一條線將這個瀝水器吊起來，宛如懸浮在半空中，透過燈光的安排，我們可以看到它投射出的陰影。作為底座的圓圈有手寫的黑色字跡：「馬塞爾・杜象，1964／樣本／Rrose」。

蒙娜滿心困惑，無法照祖父的要求花時間觀察，這是有原因的，因爲這個酒瓶瀝乾架將她內心的過往恐懼具體化了，我們還記得她有多麼害怕父親舊貨店裡的那個瀝乾架。在這種情況下，這類瀝乾架不合宜地懸吊在一間著名博物館裡，讓她倍感不安，對她來說，這實在顯得不夠嚴肅，而且，亨利開始向她解釋，這個物件之所以是重要的，正是因爲它看起來不重要……

「是的，蒙娜，這只不過是一個瀝水瓶架，一個隨處可見、平凡無奇的瀝水瓶架，是藝術家自己在市政廳百貨公司買的……」

「啊！這就是你讓我以爲我們要去百貨公司，但最後你帶我來這邊的原因！你眞會開玩笑，爺耶！」

「在這件事情上，開玩笑的人應該是這件作品的創作者：馬塞爾．杜象。好好記住他的名字，因爲二十世紀很少有人像他這麼有影響力。」

蒙娜心裡想，祖父是不是在騙她？但是他看起來很眞誠。然後她想起了米開朗基羅和卡蜜兒．克勞岱爾的大理石與青銅雕塑作品，隨即問這是否也是一件雕塑。

「就某種意義來說，」亨利回答，「這件作品確實可以算是雕塑，因爲它是三維立體的，與只有二維的平面繪畫不同，但是杜象想要打破的，正是這些傳統的類別。這個瀝水瓶架不是杜象製造的，甚至沒有經過改造、重新上漆或其他加工，杜象只是選擇了它，而選它的原因甚至只是因爲它沒有任何的特殊特徵。它不漂亮，但也不醜，它就是它的樣子。它已經在那裡了，它已經被製作出來了，而也正是因爲如此，藝術家就用英文『*ready-made*』（現成品）來稱呼這個物件。」

「可是，爺耶，這算是藝術作品嗎？」

「啊！大哉問！杜象會回答說這是一件作品，不過這是一件『不是藝術』的作品！我不知道這是不是一件藝術作品。但另一方面，我知道，就在此時此刻，它在我們眼前變成了藝術作品……」

蒙娜皺起眉頭，沉默了片刻，然後開始花更多時間檢視這個瀝水瓶架，就像她一開始就做的那樣。一分鐘、兩分鐘、五分鐘……。這個物件是否會像她祖父所說的，在她眼中變成一件藝術作品？亨利用杜象的一句名言打破了沉默，他慢慢地清楚說出每個音節，希望能在蒙娜內心深處產生共鳴：

「『賦予藝術作品生命的是觀者。』」

孩子笑了，她很開心能獲得關注，想到自己只是個小女孩，但是每次參觀博物館時卻能扮演關鍵要角；正因爲有她，這些保存在博物館裡的繪畫、雕塑、攝影、圖畫才能變得閃閃發光、栩栩如生。它們成爲它們原本的樣子，甚至變得更出色了。亨利想讓她直接體會的是，杜象用他的瀝水瓶架及後來其他的「現成品」，將觀者引入一個深淵：從什麼時候或是從哪裡開始，一個物件才算成爲一件作品？杜象沒有答案，但是他透過一個沒有美學或道德探索的極簡舉動，提出了問題（或者更確切地說，是讓人感覺他提出了問題）。

「妳要知道，蒙娜，杜象不斷地挑釁，例如，他在一九一七年匿名創作了一件名爲〈噴泉〉[12]的作品，這只是一個放倒的男用小便斗，但是他希望它能與雕塑及繪畫作品一起展示，儘管展覽委員會承諾過不會拒絕任何人，但他們還是拒絕了這件作品。杜象藉由這個詭計，向評審團提出了一個永恆的問題：從什麼時候開始，我們可以認定一個物件已經成爲藝術作品？這個作品必須模仿自然界中的某個事物嗎？或是相反地，這個作品必須與之有所區別？只要署名就夠了嗎？或是必須放在某個畫廊裡？一定要進行創作嗎？在這種情況下，誰來評估？就算瀝水瓶架或小便斗不漂亮，也不會立卽吸引大家的興趣，但它們透過荒謬的手法，爲杜象提供了佐證……」

「好啦，但是我啊，爺耶，我覺得應該爲一件作品而感動！」

「當然。但是有的人會跟妳說這不關他們的事，而且他們說得也有道理。此外，蒙娜，無法理解、懷疑、不安、憤怒或甚至大笑，這些都是情緒，因爲我們不應該忘記貫穿其中的幽默。」

蒙娜心想：「的確，這件作品讓我厭煩，但它也眞的很有趣，這塊懸在博物館中央的鐵……」

「總之，」她高聲說道，「我喜歡你帶我來看的這個東西，而且像它這樣飄浮在空中，很漂亮，這就像是康丁斯基的藍騎士，像是一個眞正的火箭！」

「說到火箭，杜象說某天他和藝術家朋友費爾南・雷捷[13]及康斯坦丁・布朗庫西一起去參觀航空展。他在展場看到了一個很壯觀的飛機螺旋槳，他告訴朋友們，沒有一雙手能做得比這更好了。他的結論就是，如今繪畫已死……」

「我相信他這樣說，是因爲他拿畫筆的手法很糟……」

「妳錯了，蒙娜，杜象在畫架前感到很自在。另一方面，自一九一〇年代初期起，他就覺得這是一種過時的技術，而且他想要打破藝術的傳統形象。這個瀝水瓶架出現的日期是一九一四年，就發生在他去參觀航空展並確信繪畫已死之後的幾個月，這絕不是一個巧合……」

「我覺得這更像是一九六四年的東西！金屬上就是這樣寫的，看！」

「什麼都逃不過妳的眼睛。妳想像一下，杜象在一九一四年買了他的瀝水瓶架，所以原本的瀝水瓶架確實是一九一四年的。然而，某天，杜象的妹妹不小心把它丟掉了，她不知道這是她哥哥的作品！這就是爲什麼杜象買了這些跟第一個相似的瀝水瓶架，並在上面簽了他的名字，特別是一九六四年的這個，爲的是要將它們送給博物館。就某種意義上來說，它們因而是原作的複製品。就另一種意義而言，談複製品和原作是很荒誕的，因爲早從一九一四年起，這個瀝水瓶架就和在市政廳百貨公司找到的任何其他瀝水瓶架非常相似……」

「他眞讓人頭痛，這個杜象！」

「這是一個總是想要打破常規的人。他藉由打亂主導我們日常生活的事物，讓我們關注到社會的慣例及社會認可的正常運作。他拆解了機制，從而指出看似不容置疑的事物其實並非如此。」

「好吧……」

「妳看瀝水瓶架上寫的這個『Rrose』，這指的是『蘿斯・瑟拉薇』[14]。」

「那是誰？」

「這是一個虛構人物的名字，杜象有時會變裝成女性，化身爲這個角色。我們通常認

13 費爾南・雷捷（Fernand Léger，一八八一—一九五五），法國藝術家。

14 Rrose Sélavy

爲男性和女性一定是截然不同的，但杜象啟發人們去思索，這些類別其實是可以互換的。」

「話說，你的杜象，他眞的是搞亂一切！」

「是啊。馬塞爾．杜象的教導，事實上就是必須搞亂一切。透過這個瀝水瓶架，我們可以說他確實是做到了，但是他的生活和所有的作品都是用來製造混亂的，包括在最嚴肅的地方，就從博物館開始……」

離開展廳時，蒙娜心想她父親的刺蝟（那是他酗酒的不堪象徵）去哪兒了。她記得那天，在昏暗的店裡，她給那個刺蝟裝飾了心型鑰匙圈，好向父親表達她的愛。「所以，那次我做了一個雕塑作品……」她推測。然後她告訴自己，杜象以他自己的方式成爲一名魔術師，因爲他提供了一個將一切轉化爲藝術作品的非凡機會。他將藝術和生活混淆在一起，這讓她渾身一顫。這幾乎美得令人難以置信……

37

卡濟米爾・馬列維奇

要自主

37

Kazimir Malevitch

Autonomise-toi

卡蜜兒的神情緊張，下巴緊繃。她陪著女兒去眼科中心，因爲馮．奧斯特醫師要求在暑假前進行一系列的定期檢查。在所有要進行的測試中，有一項是測量眼壓，方法是將少量的空氣噴向眼角膜，蒙娜覺得這種感覺極其不舒服。卡蜜兒看著女兒，氣得想要大叫，孩子可能失明的威脅讓她肚子劇痛，但她仍堅持住了。

蒙娜和其他幾個人安靜地坐在候診室裡等待結果，她爲自己設定了一個挑戰：她告訴自己，如果她能在二十秒內默數到三十，那麼檢查結果就會是好的。她低頭看錶，屏住呼吸開始數數，目標達成，但這太容易了，一個眞正的挑戰，應該要像她父親所說的，是下定決心「裝瘋賣傻」。於是她決定，如果她能在十分鐘內讓母親笑出來，那消息就會是好的。當時是下午三點十一分，而到了三點十三分這之間，她做了很多鬼臉，這讓卡蜜兒覺得很惱火，並嚴厲地命令她停下來。到了三點十五分，她試著玩一個笨拙的字謎遊戲，但結果不如預期。三點十八分，她又開始做鬼臉。時間不多了，於是，這個確信自己的命運取決於卡蜜兒笑聲的孩子，決定在壓抑沉默的候診室裡製造眞正的混亂。下午三點十九分，她站起身來，向在場的患者提議玩猜謎遊戲。卡蜜兒非常生氣，但蒙娜沒有重新坐回位置上。她像齧齒動物一樣露出門牙，雙手放在腦後，頭向前傾，然後她將雙手垂直貼在腦後的枕骨部位，啪地拍了拍手。

「各位知道這是什麼嗎？」她問大家。

在場的人對這個即興表演感到有點不悅，低聲抱怨。

「一隻騎摩托車的兔子，少戴了安全帽！」蒙娜得意洋洋地喊道。

她轉過身來，聳了聳肩，一臉歉然。她的母親翻了翻白眼，忍不住輕聲喝止，卻發出一絲細微的迷人笑聲。當時是下午三點二十分。

*

亨利從卡蜜兒那裡得知，蒙娜的醫檢結果不但沒有發現任何異常，反而證明了她有極其罕見的感知力，遠遠高於最佳水準。靦腆的蒙娜從未告訴她的祖父，馮．奧斯特醫師曾跟她說，她的視力達一點八，這是狙擊手或戰鬥機飛行員才有的視力。亨利很高興聽到這個消息，但是謹慎的他並沒有表現出喜悅。**絕對視感**……。是的，或許她真的擁有**絕對視感**……。蒙娜的眼中閃耀著黃金般的光芒，她的內心也像黃金般閃閃發亮。所以，外表嚴肅的她，應該能理解鮮爲人知的卡濟米爾・馬列維奇所帶來的巨大影響。

這是一個以白色背景為底的黑色十字架，樣式簡單，是一個希臘式十字架，水平線與垂直線等長，交叉點位於中心。這兩條線很粗，似乎各自占了整幅長寬約三分之一，而這幅畫的尺寸是八十公分乘以八十公分。實際上，算不上什麼結構化或幾何化，連對稱性也不穩定。水平矩形的邊緣傾斜得足以變成梯形，十字架的頂部微微地向構圖左邊傾斜。這些線條並沒有讓人留下嚴格規律性的印象，比例也不完全穩定。至於黑色和白色，它們的紋理產生許多細微差異和粗糙的質感。這件作品充滿樸實和極簡主義的風格，非常樸素，雖然不性感，卻充滿振動感。

蒙娜那天的心情並不好。啊！她的祖父上週帶她去看瀝水瓶架，這週帶她來看白底的黑色十字架。沒有水果，沒有鮮花，沒有肖像或風景，沒有戰爭與細節，甚至連一抹紅色或一點黃色也都沒有。既然他似乎想要讓她挑戰把大量的時間花在幾乎微不足道的事物上，那麼好吧，她可以忍受。四十分鐘後，亨利打破沉默。

「卡濟米爾．馬列維奇生於一八七九年，在今日的烏克蘭，但那時屬於俄羅斯帝國，那是當時世界上最大的國家，由權力極大的沙皇統治。當畫家於一九三五年逝世時，俄羅斯帝國已經變成蘇維埃社會主義共和國聯邦，領土更大、更廣闊，而且處於極權統治之下。」

「發生了什麼事？」

「首先是一九一七年，憤怒的工人罷工，煽動人民起義，迫使沙皇退位。馬列維奇支持這場革命，甚至像許多同時代的藝術家一樣，參與了這場革命。他具有革命的性格……」

「喔！這讓我想到大衛！但我還是很難相信，靠這樣一幅畫就能進行革命。」

然而，她的祖父心想，事實就是這樣……。起義、憤慨、疾呼不公、鼓吹群眾對抗當權者的方式有千百種，關鍵是要找到符合當下情境的表達方式。無庸置疑，大衛找到了。然而，必須要讓蒙娜明白的是，這個簡單的十字架在白色背景下，被簡化爲除了它自己，其他什麼都沒有，這個馬列維奇所說的「零形式」[15]，在一九一五年也是一顆炸藥……

15 Zéro des formes

「實際上，」亨利繼續說，「當馬列維奇創作並展出這幅畫時，他仍與歐洲一個非常重要的藝術潮流有關，那就是未來主義[16]。這場潮流主張不斷轉變、一切都在變化，通常還伴隨著暴力。這樣說吧，馬列維奇以其極為精簡的抽象，將這個邏輯推向極端。他讓我們明白，要改變世界，就必須從內心最深處的基本事物開始。我們可以從存在於靈魂裡的顏色、一條簡單的線、一個圓圈、一個十字架、一個方形、一條斜線，或是從我們最樸實、最純粹的內在開始，來引發巨大的動盪。」

「真有趣，」蒙娜低聲道，「你看，一開始，我們認為這個十字架只是一個十字架，一個愚蠢的十字架！但實際上，這些線條是有點傾斜的。有些東西是會動的；這個十字架，它是活的。它是活的，因為它……它……」

「……因為它在顫動，」亨利幫忙接話。「馬列維奇要表達的就是，這些最微小、最親密的振動與節奏，它們隨後決定了整個宇宙的一切運轉，包括方向、重力、失重、流動性、空間的穿越、原子和行星的運行。馬列維奇要表達的，就是這種行動的最小程度、它的源頭、所有可能性的存在與展開的最初顫動。這是對完全自由的呼喚。」

「但是十字架，那也是耶穌的故事，爺耶！馬列維奇知道他畫的是宗教象徵嗎？」

「當然。他在畫的時候，腦袋裡就有這個想法了……。更何況馬列維奇有一種非常靈性的氣質，就像康丁斯基。就這個意義上來說，他的抽象成爲推動革命的手段，因爲它體現了他對唯物主義的拒絕。」

「他對**什麼**的拒絕？」

「唯物主義。這首先是一種世界觀，認爲宇宙只是由物質組成，關注什麼是神聖的、什麼是學者所說的『先驗的』（蒙娜默默地唸這個詞），都是無用或虛幻的。然而，馬列維奇仍非常關注看不見、摸不到的事物。這個十字架並不是教堂裡常見的那種基督教十字架，但它仍充滿了神聖的光環。」

「但是，看到這個十字架的人，他們能理解你剛剛說的那些嗎？」

「某些人認爲這是愚蠢的挑釁；有些人則承認這是革命性的舉動。在一九一五年那個時代背景下，我們覺得馬列維奇試圖將藝術從一切的陳規中解放出來，並賦予它新的動力。但最令人驚訝的是，我們可能以爲馬列維奇的畫作毫無威脅，因爲它們極爲簡單，但

16 未來主義（futurisme）是發生於歐洲二十世紀初的一場文藝運動。

最終卻引發了非常嚴重的問題。我跟妳解釋一下。」

蒙娜露出極為嚴肅的模樣。

「一九二二年，蘇聯成立了，馬列維奇相當支持這場巨大的政治與社會變革，從沙皇的特權政體轉向共產主義體制。但是很快地，許多共產黨人對藝術、畫作、繪畫都產生了懷疑……」

「意思是？」

「意思是說，有許多共產黨人士反對藝術中一切過於智識性、過於個人主義的表現。在他們眼中，這樣的前衛追求與平等社會是背道而馳的；這會使得文化成為貴族的專利，只保留給菁英階層。甚至，很快地，我們希望藝術純粹只為革命事業和蘇聯服務。」

「所以，馬列維奇，他的十字架和方塊一定讓他看起來很愚蠢……」

「他看起來似乎既瘋狂又有點危險。我們帶著懷疑的眼光去看一個畫出這些形式如此簡單的人，這個人聲稱一切都有可能，聲稱每個人都可以相信自己的內在，相信自己看到的，相信自己的主觀性。妳能想像嗎？人們因此而禁止馬列維奇創作這些十字架、這些單色畫、這些被簡化為紋理和純粹幾何的畫作。他受到監視與羞辱，而且他很快地就在一九三〇年代中期因癌症過世。馬列維奇想要指出的是，畫作是一個自主的空間。『自主』（autonome）這個字源於希臘文的 *nomos*，意思是『法律』，而 *auto* 則是指『爲自己』。因此，能自主的人，就是能爲自己制訂法律的人。透過基本的幾何，馬列維奇的藝術源於只屬於他的規則。這門藝術完全擺脫了我們周圍的自然。模仿這個自然，就是聽命於它、屈服於它、成爲它的囚徒。」

「這眞有趣，爺耶，因爲爸爸有時會跟我說，有一天，等我長大後，我就能自主了。現在我更明白了。」

「馬列維奇鼓勵每個人要隨心所欲地航行於『白色的自由深淵』和無限之中。對這個十字架和〈黑方塊〉[17]的誤解在於將它們視爲藝術史的終點，認爲它們象徵了繪畫已死的哀悼面紗……」

「……繪畫可能已死。這個，你告訴我說是馬塞爾．杜象的想法。」

「只不過，馬列維奇他啊，完全不相信這一點；相反的，他認爲繪畫會因他所謂的『至

17 〈黑方塊〉（*Carré noir sur fond blanc*）是馬列維奇於一九一五年完成的作品。

上主義的』抽象而重生。繪畫會重生，是因爲它回到了無限豐富的最基本、最初的階段。此外，在未曾察覺的情況下，在妳周圍的一切事物中，特別是在設計和建築領域裡，有很多東西都受到了二十世紀初這種抽象藝術的啟發……」

直到一名展館守衛介入，蒙娜和她祖父才被迫停止沉思。

「話說，您這兩位是打算做什麼壞事嗎？」

「做壞事？」亨利大吃一驚，「爲什麼？」

「兩位已經花了一個小時在看這個十字架！從來沒有人看這個十字架看超過十秒鐘。」

「拜託，我的朋友，一個老先生跟一個小女孩！您講的是什麼壞事啊？再等一會兒，然後我們下週才會再來打擾您。」

「最多五分鐘……，再多一點都不行。」

展館守衛坐回位置上，目光沒有離開過他們倆。蒙娜放聲大笑。

「好了，夠了，讓其他人看這幅畫吧！」

38

喬治亞・歐姬芙

世界是一具肉身

38

Georgia O’Keeffe

Le monde est une chair

暑假緩緩地過去了。蒙娜這週大部分的時間都在蒙特伊的活動中心度過，但是她很難結交新朋友，並不是因爲她悲傷地孤立自己，不跟任何人說話。不，完全不是這樣，她只是很想念婕德和莉莉。活動中心禁止使用任何含有螢幕的設備，但是這裡有一個藏書豐富的圖書館可供使用。蒙娜進入圖書館，坦率地詢問負責的市府人員：

「請問我可以寫字嗎？」

這可以說是一個不恰當的問題，但無論如何，這都是一個前所未有的問題，不過，沒有什麼能阻止一個年輕女孩拿起筆來講述她自己的故事，而不是閱讀他人的故事。蒙娜在陰暗的角落坐了下來，從包包裡拿出一本紅色封面的大筆記本、一支鉛筆和一塊橡皮擦。是時候寫下自己的日記了，要記錄她的感受、傾訴她的心情、呼喊她的希望……

首先，她想要描述這一天，但是她明白，在描述當下之前，她必須回想與亨利每週參觀羅浮宮、奧塞美術館和龐畢度中心的經過。如果有疑問，她是否該向祖父尋求協助？她告訴自己，最好是在自己的內心尋找答案。於是她閉上眼睛。她再次看到了波提切利斑駁的壁畫：維納斯、美惠三女神、愛神，以及那位接受禮物的年輕女子。她抓著鉛筆，工整地寫下這些字：「爺耶首先教我要學會接納。」

*

在七月熾熱的空氣下，巴黎的梧桐樹都泛黃了。蒙娜與祖父一起行走時，注意到了這個現象。她想知道：

「樹木的綠色一旦消失後，會去哪兒？」

亨利突然停住腳步。當然，從科學的角度來看，這個問題沒有任何意義。然而這是個謎，在形上學方面引起深刻的迴響。他沉默地凝視天邊，最後以平靜且低沉的嗓音說道：

「的確，會去哪兒呢？蒙娜……。雪融化時的白色、火山熄滅時的紅色、野莧菜枯萎時的紫紅色、頭髮變白時的棕色、白日將盡時天空的藍色，它們都去哪兒了？或許有一個色彩的天堂？我確信它們會在那裡唱歌，它們會在那裡如雷般轟鳴，它們會在那裡相互推擠並交織在一起。然後它們飛走，又再回來，永無止境。」

於是，蒙娜觀察了一棵像巨人般的高大栗樹。

「唔，你看，爺耶，葉子是黃色的，不久後，隨著秋天的到來，它就會變成橘色的；如果我看它看得太久，這個黃色或許就會湧進我的思緒裡。甚至，或許湧進來的會是色彩的天堂，這就是我的想法！」她大聲說道。

她笑了，陶醉在她的新發現裡，感受這無法抗拒的詩意魅力……。但是，她機靈且純樸的臉龐突然垮了下來。

「如果我瞎了，我希望色彩的天堂能存在我腦海裡……」

亨利不知道該說什麼，無言以對。他牽著她的手，帶她走向博物館，眼裡滿是悲傷。或許喬治亞．歐姬芙的畫作能爲他們帶來安慰。

這些是柔軟、蜿蜒的色塊，經過極為精確的畫筆處理，有紅、黃和橙色，它們被描繪得非常清楚，狀如海浪或舌頭，能給人一種帶有熔岩色調的純粹抽象印象。構圖的動態被一種有層次的序列所帶動，略有傾斜的感覺，因為層理的線條遠非僵硬的水平，而是起伏的、從左向右傾斜的。整體不呆板、沒有稜角，只有蜿蜒感，像一道明亮的湧浪。但仔細一看，某種類似風景的東西逐漸顯現了。上半部是粉色、黃色和白色的雲層，讓人聯想到被黃昏或黎明染紅的天空；下方有一條更細、更突起的條紋，從黑色到灰色，就像一個岩石山體；這個山體本身與作品的下半部相接，充滿活力的暖色系色層就在這個下半部膨脹鼓起，在作品的最底部逐漸成為一些深淺不一的肉色。然而，這些色層讓人聯想到更高處的雲層，彷彿是那些雲層的迴響，這些應該是水面上自由且扭曲的倒影。潛在的主題浮現，看起來像是一座正在融化的湖泊，它位於黑暗的山腳，籠罩在翻湧且色彩繽紛的天空下。

上週，蒙娜想要挑戰祖父的耐性，默默地花了很長的時間檢視馬列維奇的十字架。但事實上，她已經很習慣這種看似沒有盡頭的觀察訓練。不需要強迫自己，沒有考驗的感覺，她再次細看作品，毫不鬆懈，也不感到疲倦。

「喬治亞・歐姬芙於一八八七年在美國出生，當時這是一個非常年輕的國家。更重要的是，這是一個面積非常大的國家，經濟和文化正在迅速擴展。歐姬芙的母親是匈牙利人，父親是愛爾蘭人。她在紐約的老師是威廉・梅里特・切斯[18]，是當時最傑出的畫家，一個真正的藝術界名人，但他完全浸淫於舊大陸的美學理念中，特別是印象派。」

「而這些老師，一方面，我們深愛他們，」蒙娜悄悄插話，「但是另一方面，總有一天，

18 威廉・梅里特・切斯（William Merritt Chase，一八四九—一九一六），美國畫家。

我們必須停止成爲他們的學生。我敢打賭，這就是喬治亞·歐姬芙所領悟的……」

「是的。她自願拋棄所學到的一切，從零開始。如此一來，她成爲少數揭示並塑造美國精神的藝術家。妳能告訴我那是什麼意思嗎？蒙娜。」

「對我來說，爺耶，在美國，一切都很大，有沙漠、湖泊和山脈的風景，然後紐約還有宏偉的摩天大樓。是的，美國什麼都很大！」

「歐姬芙也畫了高聳、巨大的城市，還有一望無際、遼闊豐饒的大自然風光。她既是都會美國的藝術家，也是鄉村美國的藝術家，她的畫作表現出一種恰如其分的過度。」

「無論如何，這幅畫啊，這更像是鄉村，而不是城市。」

「事實上，這是喬治湖，是阿迪朗達克山脈[19]腳下的一個絕美地點。十九世紀的美國畫家曾多次描繪這個地方，這些風景畫家同時也以他們的方式成爲探險家和冒險家。他們開墾荒地，透過大幅畫作向這些土地獻上致意，將美國呈現爲一座新的伊甸園。然而，妳看，歐姬芙的創作正是延續了此一傳統：喬治湖、灰黑色的山體、俯視它的天空，它們已經變得無法辨識，因爲它們被生動地抽象化了。現在，它們變成了條紋。但是透過起伏的律動、色彩的細微差異和漸層，這些條紋宛如柔軟、有保護作用的錦緞，也像溫暖的波浪。」

「就好像大自然化爲愛撫……」

蒙娜喃喃道出這些話後，拉住亨利的手，用力將指甲掐了進去。傷口讓他感到一陣刺痛，並爲他的靈魂打開了一個缺口。或許是因爲自然與愛撫之間的聯繫讓他回到童年最初的感覺，回到初次呼吸溫暖空氣或春天氣息所帶來的醉意。然而，每當這些久遠以前的記憶湧現，亨利都會感到一絲憂鬱。對他來說，要承認他會處於蒙娜這樣的年紀，是多麼奇怪啊！一想到蒙娜有天也會到他這樣的年紀，就讓他感到暈眩！……他十歲的時候，是怎麼表達的？那麼當她八十歲的時候，又會如何表達？歐姬芙的線條突然像熊熊烈火般劈啪作響。大自然變成了愛撫，而愛撫則化爲火焰。

亨利繼續說：「歐姬芙尤其以描繪近距離的花朵聞名。就像這個湖景讓妳想到愛撫一樣，她畫的那些花瓣、雌蕊、莖梗都會讓人聯想到人體解剖學、想到身體的某個部位。這就是我們說的『生物形態主義』[20]。」

19 阿迪朗達克山脈（monts Adirondacks）位於美國東北部，喬治湖（lac George）在這座山脈的東南麓。

20 Biomorphisme

「對耶！你看，爺耶，所有那些紅色和粉色的東西！在底部，那應該是舌頭或嘴唇。我啊，我看見三張嘴，而上面，在雲裡，好像有一個人躺著，我們還能看到他的腳和屁股！這太有趣了，爺耶，因爲我啊，當我轉頭看向天空時，我常常會在那裡看到一些東西、動物之類的，但是這個，我可以確定有三副屁股正飄在山的上方。這太棒了，生物形態主義！」

然後蒙娜大笑起來。亨利裝出蹙眉的模樣，可是不得不承認，這個評論雖然幼稚，但確實很精確。這讓老人免於必須向她解釋歐姬芙作品中對女性生殖器的暗示，而這正是她非常有名的藝術風格⋯⋯。如果亨利願意的話，他可以趁此機會解釋，藝術家將植物和景觀性別化爲女性，以此肯定她作爲女性的身分認同。然而，這個解讀對她來說顯得過於狹隘了，於是他採取了一個較不情色且更爲哲學的解讀。

「蒙娜，當我們思考自己的身體時，我們通常會有一種印象，覺得一方面是空間，另一方面是我們在這個空間內的存在，而且這個存在與空間截然不同，就像是一個身處於某個環境中的個體⋯⋯。但是歐姬芙的繪畫鼓勵我們以不同的方式去感受事物。對她來說，世界的元素與解剖學的元素融合，解剖學的元素又與抽象的元素融合，抽象的元素再與世界的元素融合，如此周而復始。這就像是一切都陷入了一個循環，一個無法分割的交織物。妳能說說這幅畫的主要形態嗎？」

「我在直線和曲線之間猶豫，」蒙娜諷刺地說道，她覺得這個問題太簡單了，「但是我想我寧願選擇曲線……」

「是的，到處都有曲線。它們的方向，有的朝這邊，有的朝另一邊，也就是反曲線。這個曲線和反曲線的形式遊戲建構了流體性的完美體現。我們可以直接觀察到這一點，並認爲這是將水的流動性、天空氣流與大量水氣的變化推到極致的體現，它們在那裡漂浮、延伸、撕扯並重組。歐姬芙非常關注這些大氣現象，但我相信我們必須進一步探索。在她眼中，這種流動性就是宇宙的本質，是將宇宙萬物結合爲一的力量。沒有區分是人類的生理身體與山脈湖泊的礦物身體；它們都在同一個循環裡。因此，我們能察覺融入這個風景中的黏膜、四肢、表皮感覺，這是很正常的。」

「是的，而且，爺耶，在這種情況下，我們可以說這裡有傷口。當我們明白這個風景也是一種皮膚時，我們眞的可以想像它在流血（她停頓了很久）。唔！我一定搞錯了……」

「我啊，我認爲妳完全沒有搞錯，蒙娜。完全沒有……。妳完全理解了歐姬芙的教導，她告訴我們世界是一具肉身。」

亨利沒有再多說什麼，因爲他不想讓蒙娜感到困惑，但是他想到了梅洛—龐蒂[21]，那名現象學的哲學家，正是他提出了「世界的肉身」或甚至「世界的普遍性肉身」。他解釋到，不僅是人類的感知能感覺到天空、山脈和湖泊；更棒的是，他補充說，天空、山脈和湖泊（因爲它們是肉身）反過來也能感覺那些其感知穿透了它們的人類。

然後，突然之間，蒙娜舉起雙臂。一股血液湧了上來，讓她的小臉頰又有了血色，她的頭髮像是被電到一般豎了起來，彷彿被一個啟示震撼到了。因爲這個孩子剛剛在畫作的暖色浪濤中發現了一絲微小的、幾乎察覺不到的綠色色調，這讓她想到兩個小時前看到的樹木。生命的色彩一旦消失，它們會去哪裡？現在她找到這個謎底了。

「爺耶！色彩的天堂，在那裡！我找到了！就在這幅畫裡……」

21 莫里斯・梅洛—龐蒂（Maurice Merleau-Ponty，一九〇八—一九六一），法國哲學家。

39

雷內・馬格利特

傾聽你的潛意識

39

René Magritte

Écoute ton inconscient

八月的這一天，蒙娜十一歲了。她每年過生日的儀式都一樣：到了點心時間，她父親就會裝飾蒙特伊的舊貨店，在那裡擺一張大桌子、烤巧克力餅乾並在上面插蠟燭。

她的父母宣布有四個驚喜。蒙娜一邊吞下蛋糕，一邊開始環顧四周。短短幾分鐘，孩子就發現了三個驚喜小包裹：一個裝了五十二張撲克牌的漂亮盒子；一對耳環；一個裝有六十歐元的信封。蒙娜高興得跳了起來，但是她四處找了好一會兒，最後只好放棄尋找第四個禮物。卡蜜兒迅速用下巴示意，建議她去店鋪後方的房間轉一圈。蒙娜衝過去，突然停了下來，想起了她的祖母。她的思緒奇怪地將祖母的回憶和保羅全數賣掉的維爾圖尼家族小雕像連結起來，柯蕾特．維耶曼和鉛製小人的影像在她的腦海中交織。幸運的是，蒙娜幾乎沒有時間感到憂傷，因爲一聲巨響讓她突然嚇了一跳，一掃她短暫浮現的憂鬱。

「爸爸，媽媽，我聽到奇怪的聲音！」

這個「奇怪的聲音」再次響起，而且更加清楚。然後再一次出現。蒙娜的心開始狂跳，她一步一步地靠近。這確實和她想的一樣，在一個角落裡，一隻可愛的西班牙小獵犬側躺著，正在吠叫；她伸出手，小狗輕輕咬著，她的呼吸急促，撫摸牠的毛，手掌下顫抖的柔軟觸感讓她情緒波動。

蒙娜凝視著動物的雙眼，動物也凝視著蒙娜的雙眸。牠舔了舔嘴唇，用牠的小前腿站了起來。禮物當然就是這個脆弱的小東西。但是她明白，還有另一樣東西，某個難以形容的東西。那是動物和孩子之間這種立即默契所激發的一種覺醒，是對這層世界薄膜的意識。這個世界是共享的，由生命交織而成。

「你就叫做宇宙。」蒙娜這樣告訴牠，淚流滿面，幸福得喘不過氣來。

宇宙吠叫了兩聲。

*

亨利拒絕讓孫女將小狗裝進袋子裡帶到博物館。蒙娜答應了，並給自己設定了一個挑戰，就是參觀完博物館回家後，她會向宇宙重述當日的教導。亨利覺得這個想法非常荒誕，但還是同意了。因此，他帶著一絲奚落，建議蒙娜每次都拍一張或找一張作品的照片，拿給小狗看。

「好喔，我覺得這很有道理。」她非常嚴肅地同意了。

她宣布她會將照片貼在生日時收到的漂亮塑膠撲克牌上，這樣一來，就會有一個堅硬的支撐。「宇宙會很開心的！」她下了個結論。

亨利暗自驚嘆不已，他想起了古怪的詩人暨造型藝術家馬塞爾．布達埃爾[22]，他在一九七〇年錄製了一場與貓的當代藝術訪談……。布達埃爾是比利時人，跟偉大的超現實主義畫家雷內．馬格利特一樣。是時候去了解他了。

一雙短筒靴以近乎平行的方式擺放著，主導了整個構圖。以俯角和四分之三側面的角度呈現靴子，後鞋跟位於構圖的右側，腳趾頭在左側。是的，是腳趾頭，不是鞋頭，因為這雙鞋子逐漸轉變成腳的模樣。更確切地說，細緻描繪的棕色皮革在足舟骨處逐漸變成布滿明顯靜脈網絡的粉色白皮膚。透過完美無瑕的過渡，從物體到人體片段的轉換顯得非常自然且有說服力。我們甚至可以專注於讓這雙低筒鞋和身體外觀顯得栩栩如生的細節：垂直繫了四排鞋帶，解開後從鞋面高處垂落；腳趾頭略長，趾甲的部分閃著珍珠般的光澤，末端有點髒。肌膚的外觀暗示著人類的存在，但給人支離破碎且如幽靈般的感覺。這一切都侷限在一個緊湊且相當陰森的場景裡，這個場景以暗沉的木炭色調為主。在畫作下方三分之一處有栗色且多石的土壤，剩餘的三分之二從地面算起，有四片水平排列的米色圍籬木板，上面散布著一些木頭的節點。

蒙娜在這件作品前待了四十多分鐘後，對話才展開。

「妳看，」亨利開口道，「這幅馬格利特的作品顯然讓我們回到了比上次看到的畫作更爲古典的風格。這是一幅具象的油畫，畫在畫布上……」

「……爺耶，你說這是『古典』？你這樣想好奇怪喔。我啊，我覺得這件作品讓人害怕……。你知道，學校裡有些同學，甚至還有莉莉，他們很喜歡那些總是會讓人嚇一跳的殭屍片。我啊，爺耶，我討厭那些……。你今天這幅畫，這些跟鞋子很像的斷腳，還有這些黯淡的顏色，都讓我想到那些會讓我把眼睛遮起來的電影。抱歉，我這樣講，爺耶……」

「當妳覺得妳的感受跟人們對妳的期待不一致時，不用說抱歉，妳可以自由地感受妳想要感受的一切。我還要告訴妳，妳在馬格利特創造的不確定與淒涼氣氛中感到不安，證

22 Marcel Broodthaers，一九二四—一九七六。

明了妳知道如何觀看這幅畫，還有妳發現了藝術家置於其中的事物。」

「你是說，馬格利特想要讓我們感到害怕？」

「為什麼不呢？妳要記得一個基本原則。當我們以天真的態度看待藝術史時，我們往往以為創作只是為了產生美好的事物，但這是錯的。繪畫、雕塑、攝影、文學、音樂還有戲劇，它們都會觸動並加劇我們內心最深層的部分，包括我們的焦慮。妳提到電影。雷內．馬格利特所屬的運動稱為超現實主義，是由與電影誕生於同一時期的藝術家們組成的，這些早期電影通常都具有奇幻的風格。而且超現實主義者不斷地進出電影院，這對他們來說幾乎像是毒品。喏，其中他們最喜歡的一部長片正是受到小說《德古拉》[23]啟發的惡魔吸血鬼故事，那就是由弗里德里希．穆瑙[24]執導、一九二二年上映的《吸血鬼諾斯費拉圖》。」

「我啊，我在這裡想到的是鬼魂。」

「解釋給我聽聽。」

「首先，這部分是半腳、半靴。接著是標題，這幅畫叫做〈紅色模型〉……。一方面，這與我們看到的有差距，因為紅色根本不存在，只有冷色調！而且，為什麼要說『模型』？

化爲人皮的鞋子是空的。但是當這個標題進入我們腦子裡時，這就像是我們必須猜測那裡面究竟藏了什麼。然而，我感覺有個幽靈飄蕩在這一切之上……」

亨利爲了安撫蒙娜，便把手伸進她濃密的髮絲裡，不斷把頭髮弄亂。

「我也要對你做同樣的事。」一頭亂髮的孩子對他喊著。

老人蹲了下來，讓她隨便撥弄他的頭髮。一綹頭髮突然豎立在他的額頭上，看起來很滑稽。蒙娜摀著嘴，噗嗤一聲笑了出來。

「妳看，我們用笑聲來驅逐鬼魂。」她的祖父低聲對她說。

這種奇特的方式與亨利有時顯得如此威嚴莊重的外表不太吻合，這種方式出自日本電影《龍貓》，這部動畫是宮崎駿的經典之一。故事一開始，在一間長期無人居住的大房子裡，一位父親教他的兩個小女兒用大笑來驅散大量出現的幽靈，即使是假裝大笑也行。這招有效，亡靈因此消失了。

23 《德古拉》（*Dracula*，也譯爲《卓九勒伯爵》）是布蘭姆·史托克（Bram Stoker）於一八九七年出版的小說。

24 弗里德里希·穆瑙（Friedrich Murnau，一八八八—一九三一），他執導的德國恐怖片《吸血鬼諾斯費拉圖—恐怖交響曲》（*Nosferatu – Eine Symphonie des Grauens*）改編自史托克的《德古拉》，但因版權問題，片名及角色名字都被改掉。

「童年的時候，鬼魂無所不在，」亨利說道。「它們可能躲在地窖隱蔽的角落、在昏暗小徑的灌木叢裡，或是在床罩或帽子這類平凡的物品裡，甚至在壁紙的圖案或浴缸的排水管裡。『鬼魂』與『奇幻』有相同的詞源[25]，而且隨著年齡的增長和成人想像力的形成，第二個詞彙逐漸取代了第一個。」

亨利非常清楚，這種分歧是一種解脫，讓人得以自主，就算只是爲了能獨自在家睡覺也好。但他也不是不知道，這種分歧敲響了某種幻滅的時刻，因爲對超自然的陰影和恐懼會帶來極爲強烈的情緒。

「這幅畫，」他繼續說，「並不完全是一場惡夢，它比較像是一個會讓人困擾的不好的夢。妳對於背景裡的地面和圍籬有什麼看法？」

「我會說地上這些小石子給人皮膚長滿膿皰的印象（她厭惡地撇了撇嘴）。然後，在木板上，木頭的節點看起來有點像眼睛。喔，爺耶，」她激動地喊著，一隻手放在額頭上，「這讓我想到我曾經以爲在肉裡看到一隻黏呼呼的大眼睛。那是在羅浮宮，是哥雅！」

「我記得很清楚，而且哥雅對超現實主義畫家有很深遠的影響。關於這點，這些畫家就像他們尊敬的前輩一樣，都是優秀的技術專家，能仿照古代大師的方式繪製油畫。仔細看這幅畫，解剖學的比例非常完美；靜脈突起、跳動，直到腳趾頭。正是因爲如此，這種令人不安的陌生感才有可能出現。這裡有足夠的眞實性和逼眞性，讓一種怪異的感覺蔓延至其他地方。因此，即使是球莖花壇和多節木板，最後也都會撼動我們的想像力，或是更確切地說，會衝擊我們的潛意識。」

「啊，又來了，潛意識！」

「就像妳說的，蒙娜。超現實主義者認爲潛意識構成了『思想的眞實功能』。相反的，凡是理性與合理的事物、一切合宜且道德的事物，也就是所有意識層面的東西，他們都不感興趣。對超現實主義者來說，我們日常的心靈層次必須被更深的層次所覆蓋……」

「……就是我們在夢中進入的那個層次。」蒙娜打斷他的話，並想起了克林姆〈樹下的玫瑰〉那幅畫的教導。

「這個圖像是如此荒唐，所以也有諷刺的一面。馬格利特還評論了這幅畫，說它暗示了皮鞋製造的過程。這雙皮鞋是用鞣製的皮革製成的……。這裡，對於這種做法，有一種

25 法文原文分別爲「fantôme」（鬼魂）與「fantasme」（奇幻）。

令人毛骨悚然的俏皮暗示。這幅〈紅色模型〉充滿了黑色幽默。」

「對我來說，在夢裡，一切都相當清楚，而且那些影像讓我留下深刻的印象，但同時，它們又好像從我記憶中消失了，因爲它們就像是半成品。在這裡，馬格利特讓我覺得他精確地看到了夢境，就像現實一樣。」

「導演阿弗烈德．希區考克[26]也有相同的看法，他認爲在電影中用模糊搖晃的畫面來呈現夢境是可笑的。他請薩爾瓦多．達利[27]爲他的電影《意亂情迷》[28]設計了像妳說的『清晰』的布景。這種與現實的交錯混淆，就是超現實主義者的終極野心。他們曾想讓妳我，不論是說話、走路、吃東西或呼吸，當我們執行最日常的任務時，都能不斷遇見夢境帶來的驚喜和原創性。他們曾希望潛意識的沸騰和爆發能持續地從意識中溢出。藉由這股溢流，他們或許可以創造出一個全新的世界，一個由詩意幻覺主宰的世界。我們或許能在人生中漫步，如同我們在夢中徜徉一樣。」

蒙娜伸出手指，指著畫作上一個交疊的細節，但未試著進一步闡明自己的想法：在每一隻鞋子的邊緣，在皮革的棕色和皮膚的粉色之間、在無生命與生命之間，都有幾公分的過渡空間。那裡似乎有著從夜晚到白日的變化，或者，如果我們由下往上看這個圖案，那就是從白日到夜晚的轉變。這幅畫驚人的力量就集中在這裡，而她本能地感覺到了。馬格利特將腳背和小腿的接合處畫成與陰影和光線交織的景象，這個區域就如此隱喻性地描繪了在腦中交替的兩個對立但又連續的狀態，那就是夢境與覺醒、覺醒與夢境的交替。

「傾聽妳的潛意識，」亨利說道，「擁抱（他舌頭打結了）妳的潛意識……」

「『傾聽』還是『擁抱』？爺耶。」[29]

「我口誤了，抱歉。」他笑了笑，沒有直接回答。

是時候該回家了。蒙娜想到她的小狗。所以，她必須跟牠談超現實主義、幻覺和油畫……這可真是個大工程啊！一回到家，她立刻把宇宙叫到自己的房間裡。這隻西班牙獵犬坐在她面前，看起來很害羞。她向牠展示了作品，費勁地解釋了好幾分鐘，表現得很博學。小狗乖乖地坐著，但牠腦中只有一個想法，就是用靴子來磨牠剛長出來的獠牙……

---

26 Alfred Hitchcock，一八九九—一九八〇。

27 薩爾瓦多·達利（Salvador Dalí，一九〇四—一九八九），西班牙畫家。

28 這部電影拍攝於一九四五年，原片名是 *Spellbound*，在法國上映時的標題是 *La Masion du docteur Edwardes*。

29 「傾聽」的法文是 écouter，「擁抱」的法文是 épouser，這兩個字的發音很接近。

40

康斯坦丁·布朗庫西

抬起目光

40

Constantin Brancusi

Lève le regard

在最初那場讓蒙娜陷入黑暗的危機中，爲了進行腦部核磁共振檢查，她不得不躺進一個密閉的檢查艙內。而今天，爲了檢查腦部組織的狀況，她必須再經歷一次。一躺進這個兩公尺長的可怕隧道裡，蒙娜明白人們要深入她的腦袋裡了。這個惡夢般的場景讓她發出輕微的嗚噎聲，引起了她母親的警覺。卡蜜兒用平靜的語氣說：

「我在這裡，蒙娜，這個檢查艙會保護妳，妳不用擔心。不會太久。」

這些令人安心的話語馬上產生了效果。她躺著的檢查台變成了一張柔軟的床，她讓自己陶醉於「保護」這個動詞裡。她重複著這個詞，直到她的思緒淹沒於其中，幾分鐘後，她感覺自己漸漸抽離了，完全就像是在馮．奧斯特醫師那裡一樣。催眠時出現的一段回憶再次浮現，而且更加清晰……

「這會保護妳免於一切傷害。」蒙娜的祖母這樣說，並將頸上的蟹守螺取下，掛到孫女的脖子上。柯蕾特看起來很自豪、很果斷，但又帶著一絲憂鬱。蒙娜彷彿看見祖母就在自己的面前，在床邊，在她的房裡；她甚至感覺祖母在她的額頭上輕輕印下一吻。最後，還有這樣一句叮囑：「永遠要保持妳內在的光明，我親愛的。」柯蕾特的這句話悄然穿越時間的隧道，對當時只有三歲的蒙娜來說，這個訊息是無法理解的，但是現在，這個訊息突然向已經長成小女孩的蒙娜開口。

「我們什麼時候才會再見面，奶奶？」半昏迷中的孩子在檢查艙內低語。

沒有回應。永遠都不會再有。

檢查結束後，蒙娜和卡蜜兒在一名女性放射師的陪同下，看了灰黑色的腦部影像。放射師看起來興奮不已，向她們宣布成像檢查並沒有發現什麼異常。卡蜜兒緊緊抱著女兒，蒙娜也緊抓著自己的吊墜。放射師被這股喜悅所感染，用打趣的語氣指出：

「這沒有任何醫學上的意義，但我要跟兩位說的是……我發現這顆大腦眞是太美了，它散發出某種光彩！通常它看起來像一顆大核桃；但這裡，它倒像是一顆巨大的寶石。」

蒙娜羞怯地聳聳肩。

「這一定是您的潛意識讓您看到這些，女士……」

卡蜜兒笑了，沒有再多說什麼，但是她祖父每週三帶她去見的那位神祕的兒童心理醫師絕對是個高手……

＊

在面向龐畢度中心的巨大管子旁，廣場的上方有一名女性馴鳥師。數百隻鴿子圍著她盤旋，停在她的腳邊、手腕上，或是在她臉旁幾公分的地方拍著翅膀。亨利對街頭表演幾乎總是抱著敵意，但這一次他特別感到不自在和厭惡。他決定昇華這個他認爲可悲的場景，於是他向蒙娜解釋，歷史上曾有過偉大的飛禽愛好者，例如在十三世紀，聖方濟[30]甚至爲牠們講道，並稱呼牠們爲「我的兄弟們」！但蒙娜被這場空中芭蕾迷住了，她欣喜若狂地瞪大了雙眼。

「看吶，爺耶，她與稻草人完全相反！」

亨利心想，既然他的孫女想看鳥兒，那就向她介紹一隻鳥類精髓的代表，就是康斯坦丁．布朗庫西的那隻。

這是一座雕像，極其純淨的細長形態在向上延展的過程中略微膨脹，最後以尖端作為結束。這座雕像既纖細，又帶著對自身力量的確信，豎立起來將近兩公尺高。這塊拋光完

30 全稱是亞西西的聖方濟各（Saint François dAssise，一一八二—一二二六）。

美的青銅熠熠生輝，底座是圓柱狀，直徑和高度約為十五公分。更確切來說，從底部開始，這個形態分兩次展開。首先是一個極細的錐形腳，微微地向後傾斜，尺寸甚至不到總尺寸的五分之一，然後，在這個錐形的頂端，逐漸展開，鼓起的形狀最後給人一種弓形或是火焰的印象，也許像一根羽毛。此外，它的標題就是〈空中之鳥〉。

正確來說，蒙娜和亨利並不是在博物館內看到這座雕像的，而是在毗鄰的一棟小建築物裡，那裡重現了布朗庫西的工作室。那兒的氣氛非常不同，除了擺放一系列似乎相互孕育而生的精湛作品之外，到處都是工具：木槌、鑿子、半圓鑿刀、銼刀、雕刻刀……。琳瑯滿目的物件讓人想到蒙娜父親的那些小雜物。她目瞪口呆。

「布朗庫西，」她終於開口，「這個名字我聽過，爺耶……。有一天，他和杜象一起看到了一個螺旋槳，這讓他們留下深刻的印象……。從此，杜象停止畫畫，並開始搞亂一切……」

「沒錯，蒙娜，而且妳將發現，杜象正是藉由妳眼前的這個雕像來繼續搞亂一切。我會跟妳解釋整件事，但首先妳要知道，布朗庫西一輩子都在追求輕盈，『飛行的本質』，這正是他畢生的執著。」

「就像康丁斯基和他的〈藍騎士〉，就像馬列維奇……。他們也一樣，他們喜歡讓人感受懸浮在空中的感覺……」

「妳說得很對。老實說，我認爲抽象藝術的歷史，總體來說是以人類掙脫重力的渴望爲主軸。而這個渴望滋養了非常古老的神話，我們可以想到的是希臘神話中的伊卡洛斯或信使荷米斯[31]……。這就是抽象，是一種進入無形的推進器，超越了我們沉重的凡人狀態。」

「我啊，我想要和你一起飛翔，爺耶……。還想要你永遠都是我的老師。」

「讓我來告訴妳，布朗庫西對此是怎麼說的。他來自羅馬尼亞一個非常貧窮的家庭，他們是住在簡陋小屋裡的農民。二十五歲時，他前往巴黎發展，而且是徒步走完全程，大約有兩千五百公里，他只帶了一個背包和一隻笛子。一到法國，他很快就被奧古斯特・羅

31 在希臘神話中，伊卡洛斯（Icare）因爲飛得太高，過於接近太陽，導致蠟製的翅膀融化，結果掉入海裡溺死；荷米斯（Hermès）因雙腳長有雙翼，行走如飛，而成爲眾神的使者。

丹發現……」

「啊，對，卡蜜兒．克勞岱爾愛的那個人，即使他比她大很多歲……」

「是的，就像她一樣，布朗庫西很快就明白，如果他長時間當這樣一位大師的助理，他就無法充分發揮，無法變得有創造力。一個月後，他告訴自己：『在大樹的陰影下，什麼也長不出來。』於是他離開羅丹，去尋找自己的道路。現在回到我們的〈空中之鳥〉。自一九二三年以來，它已經出現了許多版本，材質包括大理石、石膏與青銅。這座雕像製作於一九四一年，是比較晚期且尺寸較大的一座……」

「真的，爺耶，它美得令人難以置信，特別是當我們圍著它走動時，這些反光讓人覺得這座雕像好像是活的。但是，跟我說說你答應過的杜象的故事！」

「一九二六年，〈空中之鳥〉的其中一件青銅樣本，跟我們今天這件非常像，它從歐洲被運到美國展覽。通常，藝術作品在紐約港的海關通關入境時，是不用繳稅的；但是，製成品和各式器皿會被徵收物品價值的百分之四十。這是一種保護和貿易監管措施。理論上，在查驗〈空中之鳥〉時，海關人員應該認定它是雕塑作品，無須繳稅。但是他不相信這是雕像，因此徵收了百分之四十的關稅。海關的這個決定，再次提出了與杜象的瀝水瓶架相同的問題……」

「我知道！就是在問一件作品什麼時候能成爲藝術作品。」蒙娜飛快地接過句子。

「就是這個問題。這也是爲什麼杜象會出現在這個故事裡的原因，正是他督促布朗庫西控告美國政府，提出訴訟，讓法院來決定這是不是一件藝術作品……」

「然後呢？爺耶，它怎麼決定？」

「耐心點！首先，妳啊，蒙娜，妳要試著告訴我，妳要如何爲布朗庫西辯護，而我，我則會爲美國政府提出論據。」

孩子對這種視角感到很興奮，覺得自己被帶到了法院。

「那麼，」亨利以充滿權威的聲音開始，「這個物件不像它的標題所指的那樣。這只是一個細長狀的物體，沒有一絲相似的細節……。這是『鳥』嗎？羽毛、鳥喙、翅膀和爪子到底在哪裡？完全看不出雕塑家工作過的痕跡！」

「當然有，有雕塑家工作過的痕跡！」蒙娜喊著，全心投入自己的角色裡。「喔，很顯然的，這和我們平常看到的相距甚遠，但是一名藝術家，一名眞正的藝術家，他尋求的是讓人出乎意料、創造全新的事物。而這需要非常大的努力，因爲他的思考方式必須與其他人有別。說到底，與鳥兒相似是徒勞的，只要它漂亮就夠了！」
「『漂亮』？這眞是一個有趣的字眼！」亨利反駁道。「怎麼會有人敢說這個漂亮？要這麼說的話，卽使是一名工人做的黃銅小物也可以稱得上美麗！」
「的確。」蒙娜狡猾地承認。「確實會有非常漂亮的工業物件，例如飛機的螺旋槳！但是呢，我喜歡這隻『鳥』的和諧感，還有它那整個金色的反光。」
「好吧，但爲什麼要稱它〈空中之鳥〉？這也可能是一條魚、一隻老虎或一頭大象……」
「因爲藝術家要給人一種飛翔的感覺，這都要歸功於這根非常筆直的長條狀以及尖端，尤其是因爲下半部很纖細，隨著越往上，我們看到它越來越生動有力。」
「那麼，」亨利帶著極度歉然的語氣補充道，「我恐怕我們必須說傳統藝術已經消失了……」
「但是當然啦，傳統藝術有權利繼續存在！只是說，這段時間以來出現了抽象派，還有馬列維奇、喬治亞．歐姬芙……。而雕塑也變得抽象了。藝術變了！」
這回，亨利沉默了。蒙娜疑惑地嘟著嘴。她那無可救藥的謙遜讓她對自己產生懷疑。

她忐忑不安地等待判決。

「所以，爺耶，誰贏了？」

「妳。或者更確切地說，是布朗庫西。一九二八年十一月，法官做出判決。他宣布，沒有理由反對將〈空中之鳥〉視爲藝術作品。所以，美國輸了。法官尤其駁斥了一項論證，這項論證認爲作品指涉的內容與被指涉的主體之間一定要有相似性。開庭時，出庭支持布朗庫西的證人提出的觀點跟妳的論據非常相似。妳應該會是一名完美的律師。」

「你知道的，爺耶，如果布朗庫西想要像大樹一樣成長並展現什麼是飛翔，我想那是因爲他總是想要抬起目光……。抬起目光，爺耶，抬起目光！」

就這樣，她做到了。蒙娜人生中第一次主動從她聽聞的事物中汲取教導，然後天眞地敦促她的祖父追隨。亨利明白這場非凡的變革正在發生，他感到一陣暈眩。

「抬起目光！」他的孫女以充滿感染力的熱情再說了一遍。

他確實會抬起目光去觀察未來。於是他蹲下來，抓住蒙娜的腰，然後站了起來，伸直雙臂，盡全力將她舉到肩上。她像一隻鳥兒一樣飄浮在空中。而她正是亨利．維耶曼將目光投向的地方。

41

漢娜・霍克

建構你的存在

41

Hannah Höch

Compose ton être

蒙娜在活動中心經常獨自一人，沉浸在她如棉絮般的白日夢裡，雖然她不難相處，但她常常流露出些許的疏離感。一天中午，吃完午餐後，她坐在一棵栗樹下乘涼。她打開紅色的大筆記本，重讀了有關林布蘭〈自畫像〉的筆記，這堂課勉勵人要認識自己，這讓她啜泣起來，她一次又一次地想起祖母。有三名少女坐在五、六公尺遠的長椅上，趁機肆意嘲諷這個流淚的小女孩，對她吐出污辱和嘲笑的話語。青春的激情充滿殘酷，而且這種殘酷毫不遜於成人的激情。蒙娜以前從未注意過她們。起初她試圖忽略她們，大概是因爲她怕她們，但也是因爲她沉浸在回憶裡，要將世上所有美好的事物都刻在她的記憶中。

然而，幾分鐘後，這種羞辱開始眞的激怒了她，更重要的是，她的眼淚已經乾了。她抬起頭來，盯著那三個人看。

「看什麼看！」三人中最有氣勢的那位略吃一驚，狠狠地說道。

蒙娜沒有轉開視線。

「別看了！」少女重複說道，面容因蒙娜的挑釁而扭曲。

蒙娜沒有這麼做，她讓她的挑釁對象憤怒至極，瘋狂地一遍又一遍地下命令，但完全沒有任何效果。攻擊者的狂怒轉爲歇斯底里，而令人難以置信而且諷刺的是，她竟然氣急敗壞到放聲大哭，她的跟班們開始嘲笑這個落敗的老大。她自食其果，現在成了「小丑女」。蒙娜聳聳肩。

「得了，好了，就這樣吧，算了……」她帶著讓人無法拒絕的善意說道。

然後事情就這麼被淡忘了。

*

去龐畢度中心看新作品之前，亨利想要確認蒙娜有像她承諾的那樣，好好地向她的小狗複誦這些教導。孩子發誓她確實有這麼做，並就此請求一個恩惠：

「爺耶，我啊，因爲我非常喜歡看博物館裡描繪動物的作品，我覺得這表示動物牠們如果可以參觀龐畢度中心，牠們也會想看到人類！而且，既然我喜歡看奇特的動物，我甚至認爲牠們也會喜歡看到奇特的人類！」

那就去看奇特的人類吧，亨利心想，於是他走到漢娜．霍克的〈母親〉前……

這是一幅女子的肖像畫，由各種不同的元素拼貼組合而成，看起來非常怪異，特別是臉部混合了部落面具的形象與人體片段。這個面具有一個下垂的鼻子，鼻子位於將前額分成兩部分的中央脊線上。在解剖學上所謂的冠狀顱縫處，沒有頭髮，但有小橢圓形圖案。左邊的眼睛形象鮮明，是一名女性的，這隻眼睛取自一本黑白插圖的雜誌，清晰、勻稱、細緻，邊緣有一道纖細彎曲的眉毛。另一側，右邊的眼睛嵌在面具裡，它更簡化，還有一個看來像外斜視的瞳孔。藝術家在右眼下方與臉頰上方切了一個狹窄的鏤空缺口，形狀是不規則的梯形，讓人覺得這是一個簡陋的眼窩。這個鏤空缺口透出作品的背景，背景由一系列垂直的水彩色帶組成，色調有橙色、粉色、灰色。在這顆混合且不對稱的大頭下方，還有另一個攝影元素，那就是一張閉合的人類嘴巴。與整體相較之下，這張嘴的比例過小，但主導了微小的圓形下巴。這部分是單一色調的黃色，覆蓋著樸素針織物的上半身也是黃色的。這個半身像的肩膀纖細，胸部陷進一個新的缺口，這個缺口連結了抽象且多色的背景，藝術家在此顯然是想要透過隆起的腹部來呈現懷孕的狀態。雙臂止於二頭肌的位置，就是在手肘之前。一切都被厚厚的白色邊緣圍繞著。

在進行例行檢視時，蒙娜對這個奇怪且不協調的人像所帶來的悲傷感同身受。某種東西讓她感到倦怠與無聊，特別是在緊閉的小嘴和色彩的對比中，背景的淺色水彩與臉龐的單調灰色是不協調的。

「來吧，蒙娜，告訴我妳看到了什麼。」亨利終於用柔和且溫暖的聲音問道。

「我主要是在看這個面具。它應該是放在頭上的……。但是，左邊的眼睛和下巴是從報紙剪下來的片段，它們似乎把面具蓋住了。在上面的是什麼，在下面的是什麼？真的很難說。事實上，我們有點迷惑。」

「這個面具，這顯然是一個非常重要的元素，而且這應該是一個我至今談得還不夠多的歷史面向。漢娜．霍克是德國人，生於一八八九年，她是自二十世紀初以來對異域文化深感著迷的藝術家之一，例如非洲或大洋洲的文化。漢娜．霍克鍾愛民族學博物館，這些博物館會展示各式各樣的物件。她甚至會剪下某些圖像片段，將它們與女性身體的圖像拼貼在一起，這裡就是如此：她將孕婦（胸部下方的凹陷暗示了懷孕）肖像與美洲印第安人瓜基烏圖族[32]的面具混合在一起……。在漢娜．霍克那個年代，一些好奇的人開始重新審視這些長久以來遭到蔑視的物件。例如詩人紀堯姆．阿波里奈爾[33]，特別是我很快就會再跟妳提到的巴布羅・畢卡索，他們反覆強調自己有多麼重視這些當時被稱爲『原始藝術』的崇拜物件、珠寶、家具。然而，漢娜・霍克、阿波里奈爾或畢卡索想要表達的是，區分『野蠻』和『文明』是愚蠢的。第一次世界大戰期間，漢娜・霍克住在柏林，她意識到科技發展帶來的災難。可惜的是，這無法阻止二十年後衝突重演。一九一四年至一九一八年的這場戰爭不會是最後一次。」

「我啊，爺耶，我知道在這場戰爭裡，有很多士兵的臉被炸得面目全非，我們稱爲『破臉』[34]。」

「沒錯，這幅肖像也有點像是這樣，是一張『破臉』，因爲它是由不同的片段拼貼而成的，看起來像是手工拼湊的……」

蒙娜深深愛著她的祖父，以致於她漸漸不再注意他臉上也有傷痕，而且只剩下一隻眼

32 瓜基烏圖族（kwakiutl）是居住在加拿大溫哥華島一帶的原住民族。
33 紀堯姆・阿波里奈爾（Guillaume Apollinaire，一八八〇—一九一八），法國詩人、劇作家暨藝評家。
34 Gueule cassée

睛。但現在，她被迫開始思考這個問題。她不知道他受傷的具體情況，因爲老人幾乎不願提起這件事。在她眼裡，儘管她的「爺耶」臉上有一道紫色的傷疤劃過，但他依舊有一張英勇且崇高的「破臉」。

「漢娜・霍克厭惡戰爭，她說這是一種恐懼，它『就像把她壓縮進緊身胸衣裡一樣』，讓她感到窒息，使她渴望自由。在德國，戰爭帶來的衝擊是駭人的，我們見到大量的傷員帶著支離破碎的身體回來。這些終生傷痕累累的倖存者景象觸動了人們的良心，這個可怕的景象很不幸地有點荒謬和滑稽，而這是最糟的事情。」

「滑稽？我們眞的能在這些受苦的人面前笑出來嗎？」

「這當然不太莊重，蒙娜，妳是對的。儘管如此，藝術有時還是會觸動我們每個人內心最深處的東西，包括不光彩但構成人性的情感。漢娜・霍克是達達運動的一員，我曾在市政廳百貨公司前跟妳簡短談過這項運動，還有他們組織的荒誕小酒館。在這項運動裡，多位藝術家想要呈現一個因戰爭的摧殘而受創的社會，以及扭曲的人性，但他們總是帶著某種放肆的諷刺……。這正是拉烏爾・豪斯曼[35]的情況，漢娜・霍克與他曾有過一段痛苦的戀情，因爲他會暴虐地對待她。」

「那你說明一下……」

「如妳所見，這件作品叫做〈母親〉，呈現出一名懷孕的女性。但是，漢娜．霍克年輕時曾兩次墮胎，分別是在一九一六年和一九一八年。不得不說，豪斯曼是一個殘酷的伴侶。一方面，他想要終結家庭傳統，鼓勵她成爲自由、解放的女性。另一方面，他又想活得自私利己並占有她；最後，她因爲太怕他了，所以只能偷偷畫畫，而且一聽到他上樓的聲音就立刻停筆……」

「你的描述眞可怕，爺耶。我希望她最後離開了……」

「她離開了，是的，在一九二二年的時候，然後她與一名女性一起生活。她畫這幅〈母親〉時，已經有一段時間沒有再與豪斯曼往來了，但他們仍相互器重，因爲他們之間的激烈競爭讓他們發明了一種新的藝術技法……」

「等等，爺耶，我知道你要說什麼！他們發明了拼貼技法！」

「很接近了，蒙娜。如果是像妳說的『拼貼』，就必須追溯至畢卡索，他在一九一二

35 拉烏爾．豪斯曼（Raoul Hausmann，一八八六—一九七一），奧地利藝術家。

年將一片油畫布貼到橢圓形的畫布上，並用一條眞正的繩子將這塊畫布圍起來。相反的，漢娜．霍克於一九一八年偕同豪斯曼發明了所謂的『攝影蒙太奇』[36]（蒙娜小心翼翼地重述這個詞），並賦予這種手法一個非常政治性的意義。她剪裁並組合取自雜誌、學術影像或個人檔案的流行圖像，但不滿足於僅在形式上創新；她尋求的是動搖我們習以爲常的參照點、打破我們描繪事物與其所謂統一體的方式。」

「無論如何，這讓人覺得懷孕是個大災難，爺耶……。在這張圖裡，肩膀上好像有個重擔。」

「我非常能理解妳的解讀，蒙娜。漢娜．霍克的作品講述了一切，這是確定的，但我不認爲這只是扭曲和解構，作品所呈現的比表面上看起來的更爲正面，因爲這也展示了一種重組和重構，一種美的標準的重新發明。而且這也是母性的象徵，代表新的可能性和意想不到的身分誕生了。妳要明白，蒙娜，在二十世紀初，當時我們仍認爲每個人都必須堅守自己的角色，尤其是女性。漢娜．霍克的這件作品正好教導我們，沒有什麼是注定好的。至於不勻稱，隨他去吧，因爲，如果我們在生理或道德上完全相同且勻稱，那會有多麼悲傷啊！漢娜．霍克告訴我們，不協調是必要的，因爲這也是在自己的獨特性中展現眞實的自己。」

「這就是今日教導嗎？」

「今日教導就是必須不斷地、一而再地、永遠地建構你的存在。」

「但其實，爺耶，我有什麼地方不協調？像他們下課時跟我說的，我眼睛太大？還是像爸爸說的，下巴很小？」

「我會說，妳有一顆太大的心，蒙娜。」

42
芙烈達・卡蘿
殺不死你的會讓你更強大

42
Frida Kahlo
Ce qui ne tue pas rend plus fort

保羅有一個重要的約會。由一群充滿活力的年輕人組成的企業高層想要與他會面，共同開發他那個能與手機通話的老式撥盤電話的構想。他精心打扮，刮了鬍子，還噴了許多香水。出發前，他請蒙娜祝他好運。

保羅外出時，孩子必須獨自待在上鎖的舊貨店中。店裡的一面牆上釘著一篇刊登在地方報紙《巴黎—諾曼第》上的文章，這篇文章讓她感到自豪，因爲它談到了她父親在埃夫勒市集上獲得的成功，同時也提到了她。而且，在簡短提及她的那句話中，她並未被稱爲「小女孩」，而是「年輕女孩」。這是第一次有人這樣稱呼她嗎？無論如何，這種細微的差異激發了她的熱情，因爲有幸能在報紙上看到這樣的表達，更加強了這股熱情。這讓她內心湧起一股模糊但非常強烈的渴望，就是想要建構自己的生活，建構她自己。

於是，她鼓起勇氣與意志力，抱起宇宙，穿越店鋪後方的房間，來到地板門前，打開門，走進幾乎沒有光線透入的地窖裡。宇宙發抖著並低聲哀鳴。在充滿黏土氣味的黑暗中，蒙娜隨意翻找那個五月時發現柯蕾特舊文件的紙箱。這一次，她從中取出三個牛皮紙信封，然後匆匆回到一樓。

「這將是我們的祕密，宇宙。」

她細數了自己的戰利品。那些都是非常古老的剪報，日期分別是一九六六年、一九六九年和一九七〇年。她跪在地上，輕輕地將這些剪報放在面前，專心捕捉她時常想起的那位神祕祖母的片段。「柯蕾特・維耶曼，無所畏懼的死亡」，一份報紙的大標題如是寫著；「柯蕾特・維耶曼，爲最後一口尊嚴的奮鬥」，另一份這樣寫道，而第三份則提問：「她是否想讓我們所有人都自殺？」每一次，人們都稱她祖母爲「有鬥志的女人」。蒙娜喜歡這種說法。如果此刻她仍然是「年輕女孩」，那麼她發誓，自己將會成爲像柯蕾特那樣的「有鬥志的女人」。

然而，這並非唯一反覆出現的用語。另一個陌生且難以理解的詞彙也在閱讀時不斷閃現。這是一個溫柔、悅耳、甜美但其音樂性卻令人困惑與不安的詞彙。那就是「安樂死」一詞。

*

巴黎的空氣乾燥，但是遠處的天空有閃電劃過。亨利發覺蒙娜悶悶不樂，而且總是緊握著她的吊墜。她不自覺地拉著吊墜，彷彿這是一條可以啟動某種機制並釋放某物的小鏈子。在龐畢度中心前，亨利呆住了，在受到暴風雨威脅的廣場上，一切出奇地平靜。他蹲了下來，握住孫女的手，直視著她的眼睛，然後對她說：

「蒙娜，說出來吧，這樣對妳比較好。說吧！我保證這會讓妳感覺好一點。」

蒙娜露出悲傷的笑容。她不想再面對祖父，於是，她躲進他的臂彎裡，嘴巴貼著他的耳朵，用略帶羞愧的聲音問：

「爺耶，我們什麼時候會知道我們將要死去？」

沉默持續了好一會兒。亨利反覆擁抱他的孫女，一次又一次。蒙娜感覺到他不斷地在吞口水，吞嚥的起伏沿著他長長的脖子來來回回，就像一個瘋狂的活塞，試圖疏導他那股洶湧的情緒。他一句話也沒說，一個字都沒有，他的緘默如同低嘯著滑向首都的雷聲。也許芙烈達．卡蘿可以幫他找到如何應對。

這是一幅三十多歲女性的肖像，背景是純藍色的。她的神情嚴肅，宛如大鳥雙翼的一字眉格外醒目，濃密的眉毛與嘴唇上方精緻描繪的細毛相呼應，臉龐以四分之三的角度朝向構圖右側。她的後頸垂著一個綠色絲帶的結，這條絲帶將她的黑髮束起並編成辮子，髮頂閃耀著一頂向日葵花冠。臉部的輪廓簡潔，畫得很自然，但不加裝飾，生硬且近乎坦率，這讓她看起來像是一幅不受時間摧殘的聖像。儘管如此，許多肌膚色調的變化和緊閉的血色紅唇仍顯露出一種充滿活力且堅定的生命力。眼瞼的弧線清楚勾勒出她的目光，特別能傳達強烈的內在決心。身體延伸，形成細長的脖子，脖子從一件鑲著黃色斑點的綠色上衣中伸出。此外，這名女性還被一組色彩繽紛、追求對稱性但顯得笨拙的簡化圖案包圍著：側邊有三朵粉色和紅色的花；頂部的裝飾近乎抽象，讓人想起教堂的拱頂和劇院的帷幔。此外，畫作底部有兩隻鳥兒側身相對，輪廓精簡，頭上有美麗的羽冠。鳥喙、翅膀和尾巴是黃色的；頭部和嗉囊則紅中帶粉。如同花朵的某些部位和帷幔的皺褶，鳥頭也位在模特兒的肩膀部位，這讓肖像的空間顯得透明。於是我們明白，邊框的圖案是繪製在玻璃片的背面，這片玻璃覆蓋在畫好的肖像上，並與之疊加。

蒙娜從不曾感覺她的祖父在一幅畫前會如此困擾。亨利的姿勢通常很筆直，但現在他似乎垮掉了，彷彿這個每週三的活動讓他精疲力竭，他的肩膀像一棵垂死的樹一樣垂向地面。
「你還好嗎？爺耶。」蒙娜膽怯地問。
「是的，我很好（他笑了笑，用溫暖的手撫摸孫女的頭髮），但是我每次看到這件作品，就會感到難過。妳知道嗎？這是一幅罕見的畫，因為歐洲的博物館只有一幅芙烈達．卡蘿的畫，就是這幅。羅浮宮在超現實主義作家安德烈．布勒東[37]的推薦下，於一九三九年買下它，而布勒東則是在墨西哥發現了這位藝術家。」
「羅浮宮！喔！羅浮宮。」蒙娜熱情洋溢地喊著。「所以，我們本來應該要在那裡看芙烈達．卡蘿的作品！我們可以把畫拿下來，放到〈蒙娜麗莎〉面前。走吧，我們就這樣做……。兩張畫布相互對望，這實在太酷了。」
「這是一個很棒的主意，蒙娜，如果有一天妳成為博物館館長，妳一定敢這麼做，這我非常確信。但在那之前，妳還是說了些傻話。」
「我知道你在想什麼：我們又要被守衛斥責了……」

[37] 安德烈．布勒東（André Breton，一八九六—一九六六），法國作家，超現實主義的創始者。

「不，」亨利逗弄她，「妳說了傻話，那是因爲〈蒙娜麗莎〉不是畫在畫布上；達文西是畫在一塊薄薄的白楊木板上。而這幅畫當然也不是畫在畫布上：這張自畫像是畫在鋁片上，而且與所謂的『玻璃反向繪畫』有關。其實，這幅畫由兩個部分組成，首先是畫了圖案和藍色背景的基底，上面覆蓋著一塊玻璃片，玻璃的背面也繪有圖案。」

「就是有花朵、鳥兒和頭頂花冠那裡。我打賭，就是圍著肖像的整個花圈。而且我們很明顯可以看到某些地方有重疊，特別是在鴿子的頭部那裡。」

「觀察得很好。芙烈達究竟做了什麼？她結合了一方面屬於她自己、能展現她自身的作品，另一方面是來自墨西哥小村落的民俗物件。」

「意思是說，你講的『玻璃反向繪畫』是別人完成的？」

「完全正確。這是一名工匠製作的，可能是用來放聖像的，芙烈達把它拿來融入自己的作品裡。對她來說，這種方式能讓她將作爲獨特畫家的聲音，與民間傳統的匿名聲音置於同等地位。」

亨利藉由談論這些技術與政治問題，恢復了他的氣勢，蒙娜爲此感到很高興。而她也再次從芙烈達身上學到，就像她從漢娜·霍克、布朗庫西、杜象或康丁斯基那裡了解到的，對創作者來說，除了自己的專業，提升其他領域的專業知識也非常重要。

「芙烈達的生活很艱難。」亨利繼續說道，「她小時候罹患了小兒麻痺，導致一條腿比另一條還要短，所以她是跛腳的。她是一名非常優秀的學生，充滿活力與創造力。她打算學醫，還進了墨西哥最好的學校，當時全校共有兩千名學生，只有三十五名是女生。但是，一九二五年，她搭公車時遭遇了一場嚴重的車禍。她的腳被壓碎，肩膀脫臼，脊椎和骨盆碎成好幾塊。她昏迷了好幾個禮拜，一醒過來，雖然仍在癱瘓狀態，她就立刻要了畫畫的材料。」

「但是，如果她癱瘓了，那麼她要怎麼畫畫？」

「她請人做了一個可以讓她躺著畫畫的裝置，畫布或畫紙就放在她的頭頂，還有一面鏡子讓她可以看到自己的臉。但是妳必須把芙烈達想像成是一位始終站立的女子，即使她歷經了手術和痛苦，但依然屹立不搖。妳感覺到這份非凡的挺拔精神了嗎？頸部堅實而有力、前額寬闊且明顯、眼神嚴肅卻不嚴厲，這些都是她堅毅挺拔的特徵。她常常被迫穿上石膏製或鐵製的緊身胸衣，以免身體垮掉。繪畫讓她能夠駕馭精神和身體上的痛苦，她的肉體不斷折磨她，但是藝術使她得以對抗死亡的誘惑並活了下來……」

「你是說……你是說她想要自殺？爺耶。」

亨利低下頭，咬緊牙關。跟蒙娜談論這一切，眞的合適嗎？是的，芙烈達．卡蘿曾經想要自殺；而且，是的，她很可能在一九五四年的時候這麼做了……。據說是肺炎把她帶走的，但是，在她的右腿因壞疽而被截肢後，一切都顯示她決定要結束自己的生命，因爲她已經承受太多了：「願結局歡喜，且我一去不復返」，她在日記中寫道。這句話毫不含糊，讓亨利想起一九五〇年時，切薩雷．帕韋斯[38]的最後話語：「沒有言語。只有一個動作。我再也不寫了。」這位義大利作家最後服毒自盡。但是，跟蒙娜講這些？不，那可不行。因爲，如果有一天，她發現自己成了殘疾，失明了，那他絕對不能、也永遠不可以讓她對生存的渴望有所懷疑。因此，只從生死之戰的角度來解讀她的作品，無論是對他的孫女，還是對芙烈達．卡蘿的記憶來說，都是一種傷害。於是他直起身子，扶住孩子的肩膀。

「重要的不是這個，蒙娜……，重要的是我們眼前的一切。我們忘了什麼？」

「兩隻鳥？」

「沒錯。芙烈達就像她之前的羅莎．博納爾一樣，熱愛動物。在她畫的五十幅自畫像中，有許多都描繪她與猴子、狗或貓爲伴。她也養鸚鵡。在這裡，她被兩隻有羽冠的鳥兒所包圍，可能是鴿子或鳩鴿……」

「我啊，爺耶，我相信牠們兩個是保護者，是芙烈達的守護者。還有，牠們也象徵飛行，就像布朗庫西的雕像一樣……」

「這是確定的，蒙娜。既然妳提到了象徵，我也想到，對她來說，牠們代表了她與另一位墨西哥畫家的愛情故事，而這位極爲重要的人物就是迪亞哥．李維拉[39]。她跟他的故事，與漢娜．霍克跟拉烏爾．豪斯曼的故事有點像。這是一個充滿激情的故事，有著強烈的藝術競爭，但是在個人層面上卻是難以忍受的。芙烈達因意外事故而無法生育，這讓她尤其痛苦……。妳看，命運顯然沒有寬待她。」

「這就好像是她總是與死亡擦身而過，而且她想要我們知道這一點。」

「這是眞的，但是我相信，透過呈現一個她對自己如此自豪的形象，並將自己塑造成

38 切薩雷．帕韋斯（Cesare Pavese，一九〇八—一九五〇），義大利作家。

39 迪亞哥．李維拉（Diego Rivera，一八八六—一九五七），墨西哥畫家。

能克服一切磨難的聖母，芙烈達帶來一個更深刻的教導，告訴我們要克服宿命。」

「什麼教導？」

「殺不死你的會讓你更強大。」

這些字（亨利避免提到這是出自弗里德里希．尼采[40]之口）深深地刻印在蒙娜心中，她甚至不需要唸出來就能完全領會它們，它們很自然地銘刻在她心靈裡。

外頭，暴風雨已經掃過巴黎了。人行道濕漉漉的。蒙娜向她祖父呼喊：一道彩虹。巨大且如此美麗，彷彿形成了一個如夢似幻的建築，橫跨了整個首都。他們不自覺地同時緊握住自己脖子上的吊墜。

40 弗里德里希．尼采（Friedrich Nietzsche，一八四四—一九〇〇），德國哲學家。

43

巴布羅・畢卡索

必須打破一切

43

Pablo Picasso

Il faut tout briser

缺席兩個月後重返主宮醫院，馮．奧斯特醫師端坐在辦公桌後方，看起來似乎更年輕了。蒙娜所有的光學評估結果都讓人感到放心，若不是有失明的危險，她的視力可說是異常敏銳，而且每一次的檢測都證明了這一點。馮．奧斯特照例請卡蜜兒離開診間，並讓孩子坐在巨大的皮革椅上，然後給了她一個非常嚴肅的眼神。

「妳覺得，妳已經準備好要面對可能是痛苦的經歷了嗎？」

「我有可能死掉嗎？」

「當然不會，蒙娜！但是，爲了驗證我的假設，我不能事先告訴妳這次治療的目的……」

蒙娜遲疑了一下，然後用力點了點頭。醫師這次沒有讓她進入催眠狀態，而是請她放鬆，但是要保持清醒、平靜，同時不能放棄對周圍環境的注意。當他感覺蒙娜已經完全平靜下來後，他要她睜大眼睛，不要眨眼。

然後，他建議蒙娜輕輕地取下掛著貝殼的項鍊。孩子用手指捏住釣魚線，非常緩慢地將它從頭頂繞過。世界變得昏暗。醫院的白色空間被陰影淹沒，首先是牆壁，然後是地板、天花板、家具，黑暗來得既迅速且驚人，蒙娜再也看不到自己融入虛無之中的四肢。這太可怕了。她雙目圓睜、瞳孔放大，然而所有的明亮清晰都消失得無影無蹤。曾在廚房與她母親一起經歷的惡夢、曾在舊貨店與她父親一起經歷的惡夢、曾在奧塞美術館與她祖父一起經歷的惡夢，這個失明的巨大惡夢又開始了，還伴隨著一種吞噬一切的寒意……。醫師的聲音鼓勵她繼續呼吸。一陣暖流讓她的身體甦醒了，她又可以活動了。她重新把吊墜戴回脖子上，蟹守螺安穩地靠著她的胸膛。世界再次浮現，彷彿黎明瞬間吞噬了黑暗。

蒙娜緩過氣來，用一絲顫抖、近乎喑啞的聲音向醫師描述她的經歷：

「光線再次消失了……」

醫師一掃臉上的驚訝，過了片刻，露出微微的一笑：

「我明白了，蒙娜。妳很堅強。」

接著，他用堅定且謹慎的語氣，對進來診間接女兒的卡蜜兒解釋：

「蒙娜不可以把脖子上的項鍊拿下來。」

我們離終點不會太遠了……

*

亨利帶了一份禮物給他的孫女，那是一頂大草帽，上面繫了一條奶油色的緞帶。蒙娜戴上這頂帽子，看起來格外迷人。

「上次戴這頂帽子的人，是妳的祖母。」亨利喃喃低語。

孩子立刻意識到這份禮物的重要性，淚水湧了上來。她揉了揉眼睛，阻止眼淚流出來。但這樣做的時候，她無意中扯下了一根睫毛，睫毛就卡在眼瞼和角膜之間。她開始與這個微小的寄生物奮戰。就像腳裡有根刺一樣，最微小的顆粒鑽進了眼睛，顯現出極盡微小的事物所帶來的龐大入侵力量。一根睫毛，只要一根睫毛，就足以讓機器失常並停止。當蒙娜終於戰勝入侵者，她的整個身體都感受到一種強烈的輕鬆感，與那點微不足道的傷害形成了反差。這個景象是多麼凶險啊，亨利心想，他親愛的蒙娜正在與她的雙眼搏鬥……。而今天，這雙眼睛將不得不繼續奮戰，或許會更甚於以往，因爲藝術史上最偉大的視覺擾亂者正在龐畢度中心的展廳等著他們。

畫中有兩位女性，一位裸身橫躺在床上，位於構圖的中央，另一位坐在前景右側的椅子上，手裡拿著曼陀林，但並未彈奏。左邊地上有一個空的木框。這一切，我們當然都能辨識出來，但是需要一定的努力，因為在這幅畫裡，沒有任何東西是以靈活或寫實的方式呈現。刻面和斷面的部分都是以非常有稜有角的方式呈現（頭部、下巴、膝蓋和手肘都是尖的，而不是圓的），沉浸在一種陰暗的氛圍中。背景僅由異常視角建構的樸實建築組成，有著各種色調的棕色、灰色、黑色和栗色。躺著的那名模特兒有病態的米白色肌膚，曼陀林演奏者的皮膚則是藍色的，髮髻是綠色的。床跟椅子看起來一點也不舒適。但最重要的是，人體顯得非常奇怪，其物理屬性沒有在慣常的位置，它們的組合沒有遵循我們所知的對稱性和解剖學法則。雙眼位於額頭上方，彼此錯開，嘴巴只有一條線，沒有嘴唇，還有一些令人困惑的置換，例如，躺著的女子似乎朝向觀眾，因此我們可以看到她的恥骨，但是她的側面被臀部的兩道弧線蓋住，彷彿臀部是從腳或頭簡略畫出來的。同樣的，這兩名模特兒的肩膀和胸部似乎混淆在一起了。臉部、輪廓、四分之三側身、起伏和平坦、深度和表面，所有這些概念都是重合的，也都是破碎的，就像是碎裂鏡子的倒影。

巴布羅．畢卡索的〈晨歌〉讓蒙娜陶醉良久。她立刻明白，在傳統或學院觀點下，這兩名女子原本應該會成爲某種美感和甜膩肉慾的代表。然而在此，她們激起的興奮來自於她們錯亂、近乎怪物般的外表，還有畫作本身的表現力，其中的每一個線條、每一個厚度、每一種顏色都很引人注目。

蒙娜盤腿坐在這幅畫前，張著嘴，亨利聽見她的喘息聲，那是一個滿懷耐心者的呼吸聲。

「一九四〇年，」亨利開口說道，「法國敗給了納粹，巴黎被占領了。整個城市瀰漫著一股詭異且令人窒息的氛圍，因爲充滿暴戾、種族主義、反猶太主義的敵對勢力壓住了自由的聲音。然而，畢卡索正是這些自由聲音之一。他是西班牙人，一八八一年生於馬拉加[41]，是畫家之子。他早年以傑出的技術能力聞名，很早就具備了繪畫技巧。他曾說：『我還是孩子的時候，我畫得像拉斐爾，但是我必須花上一輩子的時間來學習如何像孩子一樣畫畫。』」

「這讓我想到塞尙……」

「是的，而且塞尙也是畢卡索的重要榜樣。看看這幅〈晨歌〉，一切都是支離破碎的，彷彿我們可以同時看到兩名模特兒的正面、側面和背面。這種風格在當時被稱爲『立體派』，深受塞尙的啟發，並於一九一〇年代開始眞正引領風騷。畢卡索和他的朋友喬治．

布拉克[42]是其中的重要人物。他們試圖分解現實、解構現實，並透過呈現世界的正面和反面，以自己的方式重新安排這個現實。畢卡索一生探索過許多不同的風格，但是他經常回歸到這種『立體派的』手法，而一九四二年的這幅〈晨歌〉就是其中一例。」

「這有點像是世界成了碎片……？」

「是的，成了碎片。畢卡索創作了幾件極具反戰色彩的作品，尤其是那幅非常著名的巨大畫作〈格爾尼卡〉[43]，這幅畫揭露了一九三七年在西班牙市場上屠殺平民百姓的事件。然而，對畢卡索來說，將這些最日常的主題視爲繪畫對象，並進行碎片化處理，這樣才能傳達出傳統藝術慣例的崩解。」

「我啊，我覺得在這幅畫裡，存有一點我們熟知的所有畫作。例如我想到提香〈田園音樂會〉裡的裸女和音樂。但是這裡，畢卡索讓這個場景變得更悲傷、更晦澀，因爲這是

---

41 馬拉加（Malaga）位於西班牙南部。

42 喬治·布拉克（Georges Braque，一八八二—一九六三），法國藝術家。

43 *Guernica*

在室內，一切都被扭曲了，色調也是沉悶的。」

亨利驚訝不已，想要稱讚他的孫女，但是他改變主意了。在畢卡索面前，如今他們幾乎是以平等的態度在交談了。

「我打賭，」蒙娜接著說，「我們以爲畢卡索想要顛覆繪畫，但他熱愛繪畫甚於一切。」

「是的。畢卡索非常了解那些古代大師。而這幅〈晨歌〉在很大程度上受到提香作品的影響，就像妳指出的那樣。畢卡索也崇拜哥雅、庫爾貝、馬內……。這就好像是他掌握了他們，並以自己的方式重新詮釋他們，這不是爲了嘲笑，而是爲了延伸他們的才華。在這幅〈晨歌〉裡，一切似乎都解體了，透視效果變得撲朔迷離，但實際上仍忠於偉大的古典主義。」

蒙娜沉思了好一會兒。古典、古典主義……。這些詞，她的祖父曾在普桑、大衛以及那些充滿強大穩定性和嚴謹性的作品前使用過。蒙娜也記得所有討論現代和現代化的時刻，尤其是在莫內的作品前面。畢卡索有可能是這兩種概念的神奇結合嗎？亨利繼續說道：

「有許多悲慘氣氛的跡象，例如解構的臉孔和僵硬的身體、天花板的稜角圖案、失去光澤的顏色及明暗交界，還有一種空無……」

「我知道你要說什麼，爺耶，就是這個框架，左邊那個。它通常應該要框著一幅畫或某個類似的東西，但是在這裡，它就孤零零地被擺著……，而這個啊，這就是藝術家停止畫畫的象徵……」

「這是一位保持沉默的藝術家。畢卡索曾是自由的代言人，如今卻沉默了，就像右邊的女子，手持曼陀林卻不彈奏一樣，這就是這個小框架想要傳達的。妳要知道，納粹討厭畢卡索的藝術，他們說它是『頹廢的』。納粹認爲藝術必須描繪有力量和有吸引力的人體；而畢卡索描繪的是尖尖的藍綠色頭顱，或是用胳肢窩取代胸部，對納粹來說，這都是對人類的一種侮辱，會導致人的敗壞、頹廢與衰弱。」

「還有這裡，你看，中央的床墊上有九條線，看起來有點壞掉了。由於它們位在中央，這會讓我們聯想到監獄的柵欄，或是用來將人綁在床上的繩子。還有你看，爺耶，這名躺著的女性頭髮上也有九條黑線，這些髮絲也像金屬一樣沉重……」

亨利聽了，靠近畫作，數起被灰線隔開的髮綹。九條，確確實實有九條。再一次，蒙娜只看一眼就看出來了，就這麼一眼而已。她讓亨利想起了畢卡索在某些方面展現出來的驚人感知，他的天才實際上是雙重的。畢卡索顯然是一位非凡的形式創造者，善於化腐朽爲神奇；最好的例子就是一九四二年的時候，他用在一堆小物件中找到的腳踏車皮革坐墊和把手，創作了一個牛頭雕塑。但最重要的是，他是一名最出色的觀察者。畢卡索以夜間鳥禽般敏銳的視力觀察周圍的一切，他非常著迷於這些動物，並在牠們身上找到自己的影子。

「所以，畢卡索到底做了什麼？他解構了眞實，將眞實的表層整個剝開來。所以，眞實不再是光滑且平坦的，而是突然顯得粗糙、有稜角、有裂縫，還有突起。其實，蒙娜，我想畢卡索會希望他的畫作能像剛剛卡在妳眼裡的那根睫毛；他會希望這些畫作能讓觀眾在視覺上感到不適。他的好友兼對手亨利．馬諦斯[44]將繪畫描述爲『某種類似一把好扶手椅的東西，可以消除身體的疲勞』；但這幅〈晨歌〉完全相反，它讓我們想起世界的嚴峻。在此，正如妳看到的，床墊本身看起來就像是一座監獄。」

「必須打破一切。這就是這幅在戰爭期間畫的〈晨歌〉的教導。必須打破鎖鏈、必須打破柵欄……」

「但更重要的是，蒙娜，必須打破我們周圍的一切，才能了解它們的運作。關於繪畫，畢卡索很有深度，也很孩子氣。很有深度，因爲他是大師承傳的一部分，而且想要揭開宇宙的祕密；很孩子氣，因爲他爲了達到這個目標，行爲舉止就像個孩子，例如他會拆解或破壞玩具和物件，以探索它們的機制。」

「他用他自己的方式重新組裝它們。」蒙娜聳聳肩，如此說道。

她戴著祖母的帽子回到了蒙特伊，並對此感到非常自豪。到家時，宇宙跳到她身上，似乎想搶走她頭上的帽子。蒙娜把帽子戴到牠頭上，然後放聲大笑，因爲這隻動物還小，結果整個被帽子蓋住了。最後，蒙娜拿回她的禮物，取下帽子上的奶油色緞帶，綁在宇宙的脖子上。

「我得跟你說說畢卡索的〈晨歌〉。」她對小狗說道。

但是她剛想要授課，就被自己的年少無知打敗。「晨歌」究竟是什麼？

44 亨利·馬諦斯（Henri Matisse，一八六九—一九五四），法國畫家。

44

傑克森・波洛克

進入出神狀態

44

Jackson Pollock

Entre en transe

夏天過得眞快……。九月的這個星期一，蒙娜一睜開雙眼，就發現自己大汗淋漓。她睡得很不好；她準備要升國中了，而昨晚，她不斷在做惡夢。前往新學校的路上，她因焦慮而感到噁心，指甲深深陷入母親的手裡。儘管她竭力隱藏自己的恐懼，但一種不好的預感依然折磨著她。

數百人雜亂無序地湧入大樓裡，有些人很擔心，還有一些人則顯得傲慢且虛張聲勢。這邊嘈雜嘰喳，那邊喧囂吵嚷。卡蜜兒放開女兒的手。她的心也在隱隱作痛，而她說「再見」的笑容則在微微顫抖。

蒙娜覺得國一教室的走廊似乎無止境地延伸，還迴盪著一股沉重的氣息。她和三十幾個完全不認識的同學陸續湧入教室，教室裡散發著一股古老莊園的氛圍，大家甚至不再竊竊私語。她的課桌位於教室最後方，旁邊沒有任何同學。最後進來了一名年輕人，他穿著一套三件式西裝，打著大花領結，一副高高在上的模樣，立刻就讓人覺得他很不情願出現在此。他才剛宣布自己會教法語，蒙娜就渾身發抖。她認出這個人了：就在奧塞美術館，在梵谷的畫作前，她曾與他發生過口角！她在畫作前笑出聲，然後假裝向他道歉，之後又在一條走廊上遇到他，她公然嘲弄他，還對他吐舌頭。她前一晚的不祥預感並非沒有根據。

她退縮了。世界變得封閉且難以理解。蒙娜自己知道，對外人來說，她只是眾多無法解讀的符號之一。現實凍結了。要怎麼做才能找到突破口？或許只能靠搗蛋了。老師開始點名，被點到名字的人用幾乎聽不見的聲音回應，這種畏縮的態度讓老師很開心。輪到蒙娜時，她沒有舉手，而是突然用力壓了一下文具袋，袋子翻了過來，所有的筆都掉了出來，摔落在地上，發出意想不到的聲響。

「有！」她同時大聲回答。

老師皺了皺眉頭，盯著她看了好久、非常久……。這個無禮的女孩到底是誰？在苦無證據之下，他最後認定這只是一場笨拙且無心的意外。全班同學都轉頭看向蒙娜。大家都看到她了，而她也看到每一個人了。

*

週三的午後，蒙娜戴著寬大的帽子走向龐畢度中心，她當然沒有忘記告訴亨利她遭遇的那場難以置信的不幸經歷：

「你能相信嗎?爺耶,我的法語老師正是我們在奧塞美術館時被我嘲笑的那位!尤有甚者,他還是我的導師。」

事實上,這種情況的巧合非比尋常,值得進一步探討命運的巧合、偶然性與必然性,還有預定性。但是,在他孫女的敘述中,有一個細節是如此驚人,讓他的思緒完全被占據。蒙娜說了:「尤有甚者」……「尤有甚者」!這是大人的用法,是成熟的象徵標誌。亨利心想:「我自己是在幾歲的時候第一次用這個片語?啊!如果我們的人生能夠倒帶,並重新製作一部跟語言有關的電影:第一個字、第一個句子、第一次說出『死亡』、『美麗』、『我愛你』或『尤有甚者』!」亨利感到惱火,「啊!我第一次用疑問句到底是什麼時候?」他再度察覺,在生活中,語言的感嘆形式必然早於肯定形式。一切始於從無法言語的激奮中湧出的哭喊聲。他的思緒混亂,如果我們能繪製他此時此刻的大腦,看起來就會像是蒙娜在龐畢度中心的走廊上大步前行時,自願停下來看的那幅圖畫。

這是一幅抽象作品,很像一團混亂的材質,色彩的條紋和痕跡相互交錯、糾纏、重疊,有時極細,就像圖畫的線條,有時極粗,如同一個污點;它們時而是直的(但也不是非常筆直），時而是彎曲、甚至是蜿蜒的。這幅畫布滿了由條紋、斑痕和斑點組成的花俏網絡，無法辨識出任何圖案。唯一可與現實事物相比擬的，可能就是一塊裁剪下來且骯髒不堪的地毯，更確切地說，是一塊用來保護藝術家工作室地面的地毯，稀釋過的顏料殘留物不小心滴落在地毯各處。只不過，這幅畫雖然容納了這些胡亂噴發的無序景象，卻呈現出相當的結構性。沒有組織，沒有構圖，也沒有可辨識的中心和外圍，而是由節奏感和整體的一致性所構成。因此，大量的黑色塊狀物分布四處，就像十幾個在白色浪濤中掙扎的群島。雖然黃色和紅色的噴射物較少，但到處都有；上方則分布著大量的銀灰色交錯物，其環狀圖案比鄰近的顏色還要多很多。必須指出的是，這些顏色每一次都相當密集，相互重疊卻不會相互吸收或混合在一起，更重要的是，這幅畫看起來就像是一個無限整體中的孤立片段。

亨利很高興蒙娜願意花上半個小時來看傑克森．波洛克的這幅小畫作（六十乘以八十一公分），而不是隔壁那件由同一個畫家創作但尺寸更大的作品。事實上，他認爲美國畫家的美學會因尺寸縮小而更加容易理解。然而，任何一位藝術史學家都會吶喊說這是違反常態的，他很淸楚這一點。戰後不久，抽象表現主義運動在馬克・羅斯科[45]、弗朗茲・克萊恩[46]、威廉・德庫寧[47]與羅伯特・馬瑟韋爾[48]的發起下，誕生於紐約，而它的特徵就是在巨大、甚至壓倒性的表面上，會豁然出現抽象形式。但是亨利知道，並非總是需要遵循專家的傳統路徑，才能解開人類天才的祕密。蒙娜在趕走了一隻想要不惜一切代價停在她鼻子上的蒼蠅後，終於開口了。

「你知道的，爺耶，到目前爲止，我們看到的藝術家都知道自己在做什麼，我們幾乎可以感覺到他們是有計畫的，即使是抽象的作品也是這樣，例如馬列維奇或布朗庫西。而這個，這是第一次，差異非常明顯。這是很即興的，這一切……。但是我已經知道你要對我說什麼了……」

「眞的嗎？蒙娜。那麼，妳來說說看！」

45 馬克・羅斯科（Mark Rothko，一九〇三—一九七〇），美國畫家。
46 弗朗茲・克萊恩（Franz Kline，一九一〇—一九六二），美國畫家。
47 威廉・德庫寧（Willem de Kooning，一九〇四—一九九七），美國畫家。
48 羅伯特・馬瑟韋爾（Robert Motherwell，一九一五—一九九一），美國畫家。

「你會說這更複雜。」

「的確！還有呢？」

「你會說，我們相信這是卽興的，那是因爲顏料噴得四處都是，導致這幅畫看起來像是一塊噁心的桌布，但實際上，唔，完全是另一回事。這是和諧的，是藝術家想要這樣做的。」

亨利露出一個既無奈又開心的笑容。事實上，這差不多就是他想說的，但是他首先試圖將波洛克放回歷史的脈絡中。他向蒙娜解釋，波洛克對歐洲的古老傳統感到不滿，因爲這種傳統認爲一幅畫應該要逼眞，要忠於可以用語言描述的題材。但是波洛克對於透過掌握透視法所產生的深度幻象感到反感，他希望能創作一種繪畫，它能捕捉更根本的力量，也就是來自身體、動作、速度、意外與偶然的力量。這個就是我們所說的 *action painting*（行動繪畫），有人甚至說這幅畫變成了競技場，因爲它既沒有敍述任何事情，也沒有什麼象徵，它什麼都沒有傳達。它只是捕捉與記錄畫家在它面前的**憤怒**。它不代表暴力，它**就是**暴力。

「這幅畫不是在畫架上完成的。」亨利補充道，「它是被丟在地上完成的。波洛克主導了這幅畫，他沒有用畫筆連續塗抹圖層，而是把棍子沾滿顏料，然後灑濺在畫布上。他使用乾刷或甚至是梨子，這讓他能創造出靈活的噴濺和漩渦效果。看看這些黑色塊狀物，這裡，他讓一些液體直接從容器中流出來。所以，他用簡單的手法和少數幾種顏色，在一張甚至不足五十公分見方的畫布上，創作出一幅如此豐富的畫作，如同覆蓋著組織的有機體、石頭的紋理，或是天空中成千的星座。」

「我啊，爺耶，我好愛！但是應該會有人說這些都是亂塗的，小孩子也能做出一樣的東西。」

「我們現在還是這樣講啊！再說，小孩子其實不會做得完全一樣，這太可惜了！」

「你要我試試嗎？」

「現在不要，蒙娜……」亨利微笑著。「總之，不是只有波洛克的詆毀者，不僅有影響力的評論家崇拜他，說他是藝術史的顛峰，他在業餘愛好者和當權者中也獲得了支持……」

「意思是？」

「在美國，戰後，人們非常相信我們今日所謂的『*soft power*』（軟實力），也就是文化、符號和價值觀的力量。對當時很多的美國人來說，像這樣的抽象畫，乍看之下似乎很蠢、甚至是有侮辱性的，特別是因爲波洛克脾氣暴躁、酗酒，而且政治上左傾，但美國當時是由保守派執政的。不過，妳要明白，美國政府並沒有羞辱或驅逐波洛克，而是理解到，將他宣傳爲新大陸自由與勇敢的化身，這對美國是有利的，因爲他是藝術界的詹姆士．狄恩[49]。這用來與古老歐洲做區分，並給蘇聯人上了一課，是很完美的。」

「啊，對了！我記得他們禁止馬列維奇創作抽象作品……。這些色彩的爆發對他們來說一定很奇怪！但是波洛克，他對這一切是怎麼說的？」

「妳要知道，他不太表達自己，而且可能也從未意識到或眞的關心他周圍的一切。他很年輕就過世了，一九五六年因酒駕車禍而去世。他的美國是美洲印第安人的美國。妳看，他是有節奏、有韻律的，他幾乎是在跳舞。酒精讓他能從自我之中解脫，體驗出神的狀態。他的繪畫屬於一種薩滿教。根據他的說法，精神必須旅行，發現其他層面、其他領域，融入自然、動物、物質之中。如果他的藝術是典型的美國風格，就像我們一直強調的那樣，那麼其源頭和表達就必須從他國家的原住民那邊去尋找。」

就在此時，那隻惱人的蒼蠅又回來逗弄蒙娜的鼻尖，蒙娜用手背對牠做了一個憤怒的手勢。這隻驚慌的昆蟲在空中轉了幾圈，尋找一個能接納牠的地方，最後在波洛克的畫作左側邊緣找到避難所，就在靠近中央的白點處。牠的五隻眼睛縱向指著右邊。蒙娜突然感到一陣暈眩……

「這隻蒼蠅，爺耶，我眞希望能像牠那樣看波洛克的畫，就在那裡！」

「這個嘛，蒙娜，波洛克正是希望妳這樣想。這正是一種薩滿式的體驗。閉上眼睛（她照做了），想像妳就是那隻蒼蠅（她集中注意力）……。現在，妳變小了一百倍。這意味著，在那裡，在波洛克的畫作上，這幅畫對妳來說大了一百倍。」

「好漂亮。」蒙娜用力瞇起眼睛。這些滴痕變成了色彩的洪流！好漂亮，實在是太漂亮了！

「妳甚至可以想像自己是一隻蚜蟲，蒙娜，一隻極小的蚜蟲，在那裡，一切對妳來說都有千倍之大……」

49 詹姆士·狄恩（James Dean，一九三一—一九五五），英年早逝的美國演員，雖然只主演過三部電影，卻是唯一死後被兩度提名奧斯卡最佳男主角的演員。他在電影中的不羈與叛逆形象已經成爲一種文化代碼。

蒙娜閉著雙眼，沉浸在自己的內心世界裡，並看見畫作就在她腳下。她像黏在上面的蒼蠅一樣，看著攤平的這幅畫。透過意念的作用，八十公分長的畫布首先被拉成八十公尺；當她進入蚜蟲階段時，就延展到了八百公尺。於是在孩子腦中，表面積持續擴增、不斷倍增。現在，地平線上已經出現數公里長的波洛克交織圖案了！

「我覺得自己縮小了，爺耶。」蒙娜欣喜若狂地說。

「妳甚至可以將自己投射成原子的一個部分，也就是夸克。所以，這幅五十公分見方的畫作，對妳來說就變成了一個巨大的宇宙，堪比一顆陌生的星球……」

蒙娜努力這樣嘗試，不知道是她突然變成了一個極微小的部分，還是波洛克的畫布像宇宙般無限擴展。在她面前，可能有八十億公里的畫作延展開來，相當於整個太陽系！她的雙腿在發抖；就在她快昏倒時，她祖父抓住了她的肩膀。

「喔，爺耶，波洛克的教導，我覺得就是必須進入出神狀態……」

「沒錯，但也必須從中脫離，否則我們最終就會墜落……」

「……尤有甚者，還會像蒼蠅一樣墜落！」

「『尤有甚者』，就像妳說的。」

45

妮基・德・聖法爾

女性是男性的未來

45

Niki de Saint-Phalle

L'avenir de l'homme est la femme

保羅的事業開始有了起色，但不是因爲那間他已無暇多顧的舊貨店，而是他可與智慧型手機相容的老式電話業務。他遇到的年輕企業家向他拋出了極具前景的合約。在卡蜜兒的鼓勵下，保羅心想：是否該出讓這間店，開始投入這場冒險了？蒙娜感到忐忑不安，卻什麼都不敢說。

蒙娜躺在舊貨店的地板上，手裡拿著鉛筆，身邊有宇宙陪著，正在努力補上日記的進度。她從七月底開始寫這本日記，記錄自去年秋天發生失明危機以來的生活歷程。如今，整個敍述即將邁入現在，因爲她已經寫到八月中旬的事情：她描述了探索馬格利特和布朗庫西的經過，還有她接受核磁共振檢查後，這次檢查在她心中掀起的感受。她沉醉在幻想裡，任由思緒飄蕩。

她記得，在那個檢查艙裡，她記起了一段過往，對還是孩子的她來說，這段過往彷彿是遙不可及的天涯。

透過在筆記本上書寫，她遇到了八月的蒙娜，而她再也不是以前那個人了，她繼續書寫，找到了一條通往難以預料的失落大陸的道路，那是生命最初的歲月。十一歲的她回到了過去，回到只有三歲的自己。這引發了如洪流般湧現的意識，這是一場眞相的爆發。她回憶起那個時刻，她最後一次見到親愛的祖母柯蕾特．維耶曼時，祖母送給她脖子上的這條吊墜，並告訴她：「永遠要保持妳內在的光明，我親愛的。」小蒙娜期待再次見到她，卻再也沒見過她，然而她當時看起來是那麼精神飽滿、那麼開心、那麼令人喜愛。

這種空虛，蒙娜當時並不理解；對她來說，這應該是一個深不可測的謎團，因爲沒有人向她解釋什麼是停止生命，而她才剛要開始自己的生命。在生活中前進，需要付出這個吃力不討好的努力，來發掘我們未曾察覺的傷口，這些傷口因爲不明顯，但對內心最深處的自我卻造成了創傷。

蒙娜在筆記本上顫抖地用密密麻麻的小字寫著：「奶奶是怎麼死的？」小狗蜷縮在她腳邊，悠閒地打著哈欠。

*

緊鄰龐畢度中心南側，有一座約六百平方公尺的大水池，水面上點綴著十六座雕像，由不同的機械裝置驅動。蒙娜走過去，注意到在鄰近建築物的巨大牆面上，有一位街頭藝術家的大型作品就直接畫在上面，正好在聖梅里教堂[50]的旁邊。巨大的壁畫描繪出半張臉，一根指頭放在嘴唇上，彷彿在要求整條街道保持安靜。這是要人們欣賞著名的噴泉嗎？或許。還是爲了聆聽噴泉？爲什麼不行？因爲，儘管這座噴泉是無聲的，卻散發著隱約的音樂感。亨利指出，這裡的創作要歸功於一對藝術家。這些黑色的作品看起來像荒謬的破機器，是瑞士人尙・丁格利[51]的創作；那些色彩繽紛的作品，尤其是那位非常奇怪的指揮家，他的金色王冠會噴出水花，這隻〈火鳥〉[52]是他的妻子妮基・德・聖法爾的創作。

「這兩個人，」亨利說道，「自稱是藝術界的邦妮與克萊德[53]，是貨眞價實的恐怖孩童，會相互激發出對方的瘋狂。」

總之，蒙娜對「邦妮」有明顯的偏愛，她著迷地看著這尊擁有巨大乳房的女性美人魚雕像，特別是那條把自己盤成螺旋狀的尾巴。

「這可能是個開瓶器。」她低聲說道，一邊用手指纏繞著頭髮。

亨利知道這個天眞的評論會讓雕塑家非常高興，他沒有反駁蒙娜，反而還提議去看藝術家被龐畢度中心收藏的另一件作品。

「好！」蒙娜熱切地同意。

這是一位身著白衣的巨型新娘。更確切地說，這是一位全白的新娘，色調偏淺灰色和黏土色，從她那巨大的百褶裙底部，直到她那一大束硬邦邦的亞麻色長髮，包括她緊抱在胸前的花束，都是如此。一切都如石膏般蒼白，以致於我們認為與婚禮有關的純潔感在此變得極其怪誕。這名女子看起來就像一個幽靈，而且她異常的比例更強化了這種印象。這個人物的尺寸比標準身形大了約三分之一，但是頭部卻不成比例。與整體相較之下，頭部顯得過小，彷彿它是從一個巨大且沉重的身體中破殼而出。從正面看，她微微向右傾斜，臉部輪廓很模糊，就像一張粗糙的面具，但仍有一條裂縫象徵著嘴巴，看起來像在發出長而嘶啞的聲音。不過，這尊人像顯得很恐怖，尤其是上半身。新娘手裡捧著一束硬如骨頭

50 Église Saint-Merri
51 Jean Tinguely，一九二五—一九九一。
52 *Oiseau de feu*
53 邦妮（Bonnie）與克萊德（Clyde）是一九三一年至一九三四年活躍於美國的鴛鴦大盜。

的花，花束在右手，而那隻巨大的左手（某種變質的羅丹風格）則放在腹部。胸部和手臂看起來就像一團蠕動的巨大物質，甚至像是腐爛的肉塊。其實，就這個層面來看，這座雕塑就是無數物件的集合體，這些物件對某些人來說非常清晰可辨，但對其他人來說，這些物件都被淹沒了，例如玩具，尤其是許多娃娃。我們還能見到飛機模型、自行車把手、馬車、小鴨子、蛇、小鳥、一雙童鞋。

蒙娜看著這件作品，不禁打了幾個寒顫。她從中感受到了一種陰暗的存在。這是真的，因爲妮基．德．聖法爾有一個艱困的年少時代，艱困到亨利要避免提及其中悲慘的細節。他只是向蒙娜解釋說，她曾經歷了一些磨難。他沒有透露最悲慘的事實，隱瞞了聖法爾遭到她父親性侵、她祖母在被納粹占領的城堡失火時遭受的極度痛苦、她的妹妹自殺……。所有這些家庭暴力，亨利都不想說，只是爲了避免這個不幸的生活會給藝術家的作品投下太大的陰影，使作品只剩下致命的象徵意義。

「我啊，爺耶，看到這個的時候，我想到了哥雅，你知道的，還有那些怪物……。還有哈莫修依和北歐傳說中的巨魔故事，還有那張臉，就是那幅他背對著的妻子的背像，我覺得我在她袖子的皺褶裡看到了那張臉。這個新娘就像是一個幽靈，彷彿她在壁櫥裡變得乾涸……。而現在，我看著她，我在想，剛剛在水池裡移動的那些雕塑，看起來也有點像怪物……」

「妮基・德・聖法爾坦承，怪物讓她著迷。她曾說自己看過許多充滿怪物的電影，還補充說（他憑記憶引述）：『我自己也創作了數量驚人的怪物；我能在這個主題上不斷自我創新。』但是我確信妳已經注意到了那些封在石膏內的玩具……」

「有啊，當然啦。我馬上就看到她的下巴底下有一個小小的塑膠洗澡娃娃，而且到處都是洋娃娃，甚至肩膀那裡還有一個飛機模型，上面就有一隻鳥！如果這是想要營造一種歡樂的感覺，那她失敗了。」

「妳放心，這位藝術家很清楚，這種混亂堆積不會讓她的新娘更顯得愉快。實際上，她收藏玩具，她累積的玩具數量顯然很不合理，不僅包含了洋娃娃，也有十分古老的東西，就像我們能在孩子的箱子裡找到的那些，這些東西不幸地總有一天都會被擱在閣樓裡，因爲我們長大了。」

「她的創作有點像杜象，她把已經存在的東西變成了藝術作品。」

「是的，有部分是這樣；她確實參與了一九六〇年代藝術史上的一個普遍趨勢，這個趨勢就是借物、單純選擇物件並重新組合。在法國，這就是我們所謂的『新寫實主義』，參與其中的藝術家當然有聖法爾，還有阿曼[54]，他把廢物堆滿了整個畫廊！」

「這個嘛，這就是一個玩具垃圾桶！」

「很中肯，我親愛的。這就像是童年的世界侵襲並壓迫了這名女子。這尊〈新娘〉創作於一九六三年，它僵直、如死人般的外表與我們對充滿活力的婚禮傳統印象相反。但是這座雕像，它的臉似乎因哭喊而被扯碎，卻也表達出一種反抗。一九六〇年代，世界各地發生許多抗爭，要爭取更多的自由和寬容，爭取人與人之間的平等，反對戰爭和帝國主義。聖法爾與這位看似痛苦不堪的〈新娘〉一起高聲吼叫……」

「吼叫什麼？」

「女性不應該被困在好妻子的角色裡。女性應該要能捍衛自己的慾望，並做出自己的選擇，不管是什麼樣的選擇，即使是最不適當的也一樣。」

「那麼這位聖法爾，她做了什麼選擇？」

「這個嘛……（亨利停頓了很長一段時間。）這個嘛，例如，聖法爾在她生命中的某個時刻認爲自己無法成爲模範母親。她獻身於她的藝術，也就是說，她把自己奉獻給了自己的事業，而不是她的孩子……」

「她很生氣。」蒙娜瞇起眼睛，低聲說道。

「是的。她還創作了她稱爲『射擊繪畫』的作品。她拿著卡賓槍瞄準畫布，子彈的衝擊會讓顏料四處飛濺。但是，想要眞正理解這名藝術家，妳必須知道，在她的作品裡，女性的形象是帶有二元論特徵的。這是一種雙面形象。她的〈新娘〉不僅是死亡的表現，也是一種呼喚，召喚女性以另一種面貌重生，但不是忠誠妻子的形象。」

「哪種面貌？」

「例如剛才妳在水池看到的彩色美人魚，特別是她著名的『娜娜』[55]系列，那些都是正在飛奔、跳舞、蹦跳的女性雕像。她們的身形圓潤、髖部寬大、頭部小小的，但她們充滿活力、擺脫了社會的枷鎖。她們體現的是一個絢爛的未來，與〈新娘〉相反，〈新娘〉

54 阿曼（Arman），原名 Armand Pierre Fernandez，一九二八—二〇〇五。

55 娜娜（Nanas）這個詞在法語中是「女孩們」的俗稱。

象徵著一個被禁錮、慾望遭到蔑視的過去。」

「我了解這個雙重形象的概念……但是，這給了我們什麼樣的教導？」

「一九六三年，就是創作這個〈新娘〉的同一年，一位政治立場鮮明的詩人，他也是著名的抵抗運動成員暨共產黨員，他寫了一句詩句，正好呼應了聖法爾給我們的教導。」

「這位詩人是誰？他說了什麼？」

「他叫路易．阿拉貢[56]。他寫了這句話：『女性是男性的未來』。」

「唔，好吧，但是妮基她會說：『娜娜是男性的未來』。」

「正是如此。但請容我保留阿拉貢的詩句，那更爲嚴肅。」

孩子緊抓著她再也不應該取下的吊墜。她想，她會很樂意將它掛在〈新娘〉的脖子上，幫她克服痛苦。

「這是一個『有鬥志的年輕女人』。」蒙娜終於用清晰的聲音說道。

亨利吃驚地看著她。這個表達讓他感到困惑，因爲他以前常聽人這樣形容柯蕾特。然而，蒙娜緊抓蟹守螺的方式，讓這名老人猜想他孫女或許是在影射那座雕像。有好長一段時間，他們不發一語，直到亨利打破了沉默。

「是的，妮基·德·聖法爾很有鬥志，蒙娜。而妳的祖母也是，這一點妳可以萬分肯定。直到最後一刻。」

「我知道，爺耶……」

56 路易·阿拉貢（Louis Aragon，一八九七—一九八二），法國作家。

46
漢斯・哈同
像閃電一樣前進

46
Hans Hartung
Va comme l'éclair

卡蜜兒緊張地敲著手機，等著馮．奧斯特醫師接見。他已經遲到很久了，隨著逝去的每一秒，她都在反覆思索上一次就診的結果。然後，卡蜜兒順從地接受，毫無異議，這顯然是出於她對醫學權威的極度尊重。但是，讓孩子一直掛著吊墜這件事，讓她感到很不悅。這段廢話到底是什麼意思？卡蜜兒拉著蒙娜衝進辦公室，臉上一陣滾燙，完全不顧任何禮節。

「現在是什麼情況？醫師。蒙娜已經給您看診看了一年，她做了所有可能的治療，腦部、眼睛、催眠。現在您卻告訴我們，說她不應該摘下吊墜？」

蒙娜愣住了，不僅是因爲她母親尖銳的語氣，還因爲她深愛的蟹守螺竟成了爭論的對象。

「女士，」馮．奧斯特回答道，「我的工作是治療患者。我理解您的憤怒，這是完全合理的。但據我所知，心靈是一個極其複雜的機制，任何可能的運作都不容忽視。」

「所以？」

「所以，在對蒙娜進行深入的研究後，我確信已經找到她失明的根源了：這並非是機能性的問題，而是由精神創傷引起的。正是透過催眠，我才能夠挖掘到這個眞相……，或者更確切地說，這都要歸功於蒙娜和我一起經歷的這段路程，也要歸功於她重新找回了自己和遙遠的過去。」

「『遙遠』？但蒙娜還只是個小孩子！」

「蒙娜是一個年輕女孩。對她來說，過去的八年所代表的深淵，比我們成年人眼中的三十年更深邃、更難以觸及。」

「好吧，那麼，過去到底有什麼？」

馮・奧斯特打開抽屜，小心翼翼地拿出一份用黑色線圈裝訂起來的檔案。封面是紅色硬紙板，上面用粗筆手寫了一個標註，底下劃了兩條線：「蒙娜之眼」。醫師細心地寫了一份詳盡的報告。

「全部都在這裡了。這只是個粗略的醫學標題，我同意……。但這裡有所有的數據和我的診斷。」

「那麼，醫師，您的結論是什麼？」

聽到這個充滿不耐煩的提問，蒙娜做了個暫停談話的手勢。因爲這個結論，她早已察覺到了；她知道那是什麼；就在她心裡，無所不在，貫穿了她。這個結論是屬於她的。並不是說她害怕從醫師口中聽到這個結論；相反的，她擔心自己無法用自己的言詞和感受來表達這個結論。未來，她便是未來的化身。而爲了能充分化身成未來、掌握未來，她就必須承擔起保管未來的責任，必須掌握話語權，不能把話語權交給外部的權威，卽使是像馮・奧斯特醫師這樣仁慈且稱職的權威人士也不行。

「媽媽，我所發現的、我所明白的，我希望到時候由我來告訴妳和爸爸。」

「她內在有光。」醫師表示贊同，並將文件交給了年輕女孩，而非她的母親。

*

亨利・維耶曼發現他的孫女那個星期三又有了改變，而且越來越高䠷。他這樣告訴她。

「眞令人驚訝，蒙娜，妳長得這麼快；妳很快就會比妳的爸媽高了，妳等著吧！我覺得妳一點也不像他們倆；幸好，妳也不會像我！」

但這句話讓孩子感到驚慌，她的神色突然變得黯淡。

「我啊，」她說，「這讓我傷心，我希望能像你，爺耶……我想要像某個人……最好是像你，不然就像媽媽，或是像爸爸也可以……」

蒙娜激動得微微發抖，她撲向祖父，幾乎要把他壓垮了。亨利摘下她的帽子，溫柔地撫著她的頭髮，對她的反應感到訝異。

「這太令人難過了，」她繼續說道，「我就只是我……」

老人的心都碎了。一方面，如果我們是蒙娜，最美的事情就是能夠做自己，而這一點，蒙娜還未明白。另一方面，蒙娜顯然很像某個人。她的血液中明顯流淌著力量、優雅和良善，只是她對其來源一無所知罷了。然而，亨利卻深深明白這一點。

「妳當然很像某個人，蒙娜……這是真的。既不是妳爸爸，也不是妳媽媽，當然也不是我……」

「那是誰？爺耶。」

「妳的祖母，蒙娜。妳非常像妳的祖母。」

孩子睜開那雙明亮的大眼。那雙眼睛不再是藍色的，而是因獲得啟示而變成了明黃色。它們徹底改變了。

「那麼，爺耶，我求求你，我們今天去看奶奶最愛的畫。」

這是一件抽象作品，尺寸為一百七十九乘以一百一十一公分，主要由中央一大片的深色構成。它不是純粹均勻的黑色，而是一大片充滿活力的色塊，讓人感覺它是以噴漆技法創作而成的。此外，它的上緣和下緣輕微地振動，邊界不明確，由吹製的霧化材質製成，給人一種霧氣消散的印象。大片黑色的下方有一個檸檬黃色的底座，占據了畫作的底部，並向上延伸至略低於總高度百分之二十的地方。這一區在垂直方向上有非常輕微的凹槽，無數的條紋為作品增添了生動的活力。在大片黑色區域的上方，有一條平行的深藍色帶子（也是凹槽），非常狹窄且幾乎貼到框架的上緣，就像暴風雨過後悄然浮現的天空一角。最後，在那片廣闊的黑色區域中，豎立著三道如閃電般清晰的光線，就像三根長草，或是三縷獨立分開的長髮，微微彎曲，美麗而柔軟，但是被空氣中一股強大的能量牽引著。中央那條線最大，幾乎從下到上貫穿了整片黑色區域。它左邊那條更細、更圓的線似乎以切線般的方式在移動，右邊有一條更不起眼的線，它也以相同的方式延伸，然而這兩條線都沒有接觸到中央的主線。這三條線一起以極為簡單的方式讓人聯想到一根細長、不斷向上延伸的大樹幹。我們還可以有許多其他的聯想。

就這樣，蒙娜凝視著她祖母最愛的作品。不知不覺間，在她盤腿而坐的這二十四分鐘裡，她始終帶著微笑在檢視這個非常簡單的構圖；她比以往更能感受到繪畫如何點燃內在的光芒。

「我完全能理解奶奶，」她終於開口對她祖父說，「而且我確信她可以在這幅畫前待上好幾個小時……」

「她確實能在這裡待上好幾個小時。」亨利帶著懷念與快樂的語氣證實。「她對這件作品瞭若指掌，閉著眼睛都能指出這幅畫的每個部分。」

「我啊，」蒙娜指著作品，說：「我看見九個部分。首先，有三個區域：底部的黃色、中央的黑色、上方的藍色。接著，我看到兩條有點模糊的界線，位於黃色和黑色、黑色和藍色之間。當然，我也看到了三條線。最後還有右下角的簽名：『哈同64』。」

「妳細分得很好，因爲9是哈同的幸運數字，這也是他妻子的幸運數字。還有一點，他們倆是在一九二九年五月九日認識的，當時他們分別是二十四歲和二十歲。」

亨利提到這些年紀時，神情有點恍惚。

「這件作品最讓奶奶喜歡的地方，」蒙娜回過神來，「應該就是它充滿了對比，而對比會給人一種戰鬥的印象……」

蒙娜這樣說的時候，帶著一種迷人的天真，這讓亨利感到喉嚨一緊。

他看著哈同畫裡的中央線條，感覺撕扯他臉龐的疤痕也隨之顫動。他感到了幾十年前導致他失去一隻眼睛的那一刀。傷口甦醒了，彷彿肌膚再次裂開。他失去作用的眼睛莫名地蒙上水氣，滑下一滴充滿情感的淚水，這一小滴淚水是如此隱密與出人意料，所以蒙娜沒有看見。

「是的，蒙娜，正是如此。」他終於回話。「哈同熱愛林布蘭和哥雅，妳要知道……」

「啊，」蒙娜打斷他，「就是這個！我就知道這讓我想到羅浮宮的畫作！我確定他喜歡明暗對照法，他創作的這幅抽象畫，畫中的黃色似乎從完全黑暗的霧中逃脫出來，他的手法就跟以前的藝術家一模一樣。」

「也不完全是這樣，他的技法非常不同。在這裡，他沒有使用畫筆和油畫顏料。哈同利用車身技工給汽車上色的噴槍，將壓克力顏料噴到畫布上，創造出浮動的塗層，使得不同的色塊呈現出非常活潑、粉狀的漸層外觀。」

「看起來像雲朵，或是一團霧氣……」

「特別是因爲哈同的美學經常被形容爲『雲朵主義』[57]，模糊不清的輪廓吸引了目光，將其包覆起來，引領觀者深入畫作的中心。這一點，他跟他的一位朋友非常像，那就是美國人馬克·羅斯科，他們曾探討過很多相關議題。」

蒙娜靜默許久，想著她的祖母。她在思索。一名藝術家如何能成爲如今的模樣、達到這樣的成就？一個名叫漢斯的小男孩如何成爲一個名叫哈同的天才？更重要的是，如何才能贏得柯蕾特·維耶曼的讚賞？「哈同在我這個年紀的時候，他都在做什麼？」

「那時第一次世界大戰剛剛爆發。他起初想要成爲牧師，因爲他非常的虔誠，但後來他放棄了這份使命，轉而投身於觀測星空，因爲他想要研究天文學。當我們檢視這幅畫時，最好記住這一點，因爲它既是每一個人的內在性、明暗對照的表達，同時也像是宇宙、自然、物質運動的神祕幻覺。妳注意到了簽名旁邊的數字，這幅作品創作於一九六四年，『黑洞』這個詞也在同年第一次出現⋯⋯。當然，我們不應該認爲哈同是以字面和模仿的方式來描繪天文物理現象，但是他把它們翻譯成自己的語言。」

「然後呢？爺耶。」

「哈同是一個堅韌且非常勇敢的人。他是德國人，但是在第二次世界大戰爆發前，他因憎恨納粹而決定與自己的國家爲敵。他祕密居住在法國的西南部，後來逃到西班牙，被關進監獄和集中營。一九四四年，他在重返戰場後，受了重傷。他的腿傷得很嚴重，不得不在無法完全麻醉的情況下進行截肢，所以妳可以想像他的痛苦。當歐洲恢復和平，他能夠重新提起畫筆時，他的運動能力已經完全不若以往了，這對於非常重視動作的藝術創作來說，是非常惱人的……。當我們審視這件作品時，有一點也很重要，就是他使用或轉用各種工具來重新發明能讓他繼續畫畫的方式，特別是我剛剛跟妳說的車身技工的噴槍。」

「我確信哈同一直都想要畫出最美麗的線條，而這個，他畫的中間這三條線，這太完美了……」

「只不過這些不是真正『畫』出來的線條，而是刮出來的。哈同趁著壓克力顏料還未乾的時候，以非凡的精湛技巧，用刀片或抹刀刮除表層。光線透過這些刮痕，穿破黑色區域並顯現出來。」

「就像從雲中穿透的閃電！」

---

57 雲朵主義（nuagisme）由法國藝評家朱利安·阿爾法（Julien Alvard）於一九五〇年代提出，這場抽象繪畫運動主要流行於一九五五年至一九七三年。

「是的。而且，哈同在妳這個年紀的時候，很怕暴風雨。但他告訴自己，如果他能迅速描繪出之字形的閃電，那麼他就不會遇到任何事。其實，他的畫作帶來的教導就是：『像閃電一樣前進！』」

「那麼我明白爲什麼奶奶愛他勝過一切。」蒙娜總結道。「因爲我記得她過世前曾對我說：『忘掉負面的部分；永遠都要保持妳內在的光芒。』」

亨利聽到這句話後，激動不已。一向都能控制自己情緒的他不得不坐下來，而且有那麼一瞬間，他甚至害怕自己會暈倒。蒙娜在他的臉頰上吻了一下。他笑了。他是怎麼了？是再次聽到他深愛的妻子對他心愛的孫女說的那些話嗎？那些彷彿來自九泉之下的聲音？沒錯，就是這樣。但不僅如此……。這也是因爲蒙娜措辭中的祕密。她的用字遣詞、她的句法、她的表達中的這種獨特性，這種他絕對確信其存在的奇特之處，但他從未眞正捕捉到它，這種奇特且迷人的音樂性，他長期以來一直在尋找解開它的鑰匙，他認爲自己已經挖掘到它的本質和原因。他終於找到她的祕密了嗎？只有一種方法可以知道，那就是他必須一遍又一遍地聽蒙娜說話，才能驗證這個假設……。「我必須要有耐心。」他告訴自己。他的脈搏已經恢復正常。嗯，幾乎恢復正常。

47

安娜—伊娃·伯格曼

不斷從零開始

47

Anna-Eva Bergman

Repars sans cesse de zéro

這個法文老師，蒙娜終究無法喜歡他。上他的課時，她的胃會打結，她開始希望他缺席、生病，甚至發生更糟的事。即使她完美掌握了這些學科，但一想到自己的生字或拼字練習準備得不足，她就感到想吐。但對他來說，這還不夠看。他很殘酷，總是無緣無故就說出嚴厲的話語並隨意懲罰學生。

自那時起，蒙娜不再是認眞學習課文了，而是在反覆咀嚼這些課文。她非常害怕受到譴責，所以她學習是爲了避免受罰，而不是爲了吸收知識。那天，她必須背誦一首自選的詩；她選了其中最困難、但她覺得特別優美的一首詩。然而，情況超出她的預期，她只能、絕對只能背到十四行詩中的第十行。第十一句亞歷山大詩體的詩句成了她背誦的阻礙。

鐘聲響後幾分鐘，她回到已經就座的同學身邊，周圍一片死寂，都是因爲那個打著可笑大花領結的老師。

喏，蒙娜，他用羞辱的語氣說道。您終於來了……。不，別坐下。既然您還在門口，就把您選的詩背給我們聽吧！如果背得不錯，您就能回到自己的座位。不然的話，就去校長那裡接受留校察看的處罰。我們在聽著，蒙娜。

「夏爾．波特萊爾的〈致路過的女子〉[58]。」年輕女孩以顫抖的聲音說道。

58 À une passante

「喧囂的街道在我周圍怒吼。
頎長苗條、一身喪服、哀切而莊嚴，
一名女子走過，用一隻華麗的手
撩起並擺動著裙襬與褶邊；

靈巧而高貴，那宛若雕塑般的美腿，
我，如癲狂者般痙攣，
在她那如同醞釀著風暴的蒼白天空般的眼眸中，
狂飲那迷人的溫柔與致命的快樂。

如閃電般一閃……隨卽進入黑夜！——轉瞬卽逝的美
她的目光讓我驟然重生……」

「好吧，蒙娜，我們等著接下來的詩句：此刻是黑夜，而非閃電！」

接下來？這首詩接下來的詩句……它是如此美麗……。哦，是的！她記起來了！透過某種小小的奇蹟，那是記憶所擁有的奇特祕密，她感覺到自己想起了最後四句亞歷山大詩體的詩句。鎖已經打開了，她終於鬆了一口氣！

只是……蒙娜再也不想把波特萊爾的詩句告訴這位不夠格的老師。於是，她做了一件非同小可的事。她用自信的聲音重複道：「如閃電般一閃……隨即進入黑夜！——轉瞬即逝的美／她的目光讓我驟然重生……」然後她沒有再多說什麼，就自行離開了，活潑而勇敢，步伐敏捷，幾乎像是用飛的一樣。她像閃電般倏地去找校長接受留校察看。她放肆無理、容光煥發，最重要的是，她不再害怕任何事。

*

在龐畢度中心前，一個男孩鋪開一塊約六公尺乘六公尺的巨大黃麻畫布，然後用抹布塗上大量柔和的顏色……。這個年輕人正在畫一幅肖像。但那是誰呢？時間一分一秒過去，特徵越來越明顯，我們看到充滿活力的雙眼、濃密的鬈髮和鬍鬚，從無到有，逐漸顯露，這眞是太令人讚嘆了。亨利露出笑容，他很快就認出了這幅肖像。大約二十分鐘後，男孩在畫布上簽了名字。

「各位女士、先生，」他喊道，「全世界最大顆的頭顱就在您眼前：三十六平方公尺！喬治．培瑞克[59]**出現**了！」

掌聲四起。喬治．培瑞克是誰？他是亨利．維耶曼鍾愛的作家，他的書有時是在極爲苛刻的撰寫條件下創作出來的。亨利向蒙娜解釋，培瑞克是《消失》[60]的作者，這是一本完全沒有字母e的小說。數百頁的小說裡，沒有任何一個字含有這個元音。整本書圍繞著一個消失的故事，而這個故事本身就是在隱喻作者的父母消失、死於集中營的經過。蒙娜向她的祖父提出挑戰：

「爺耶！你也要這樣，請在條件限制之下跟我解釋今天的作品！全部都要用倒裝句的

---

59 喬治．培瑞克（Georges Perec，一九三六—一九八二），法國作家。

60 這本書的原名是 *La Disparition*。這裡對應到年輕畫家剛剛介紹培瑞克「出現」了，法文是 appaition，而培瑞克的著作則是《消失》，法文是 disparition。

方式喔！或是任何你想要的方法！」

但亨利堅決地搖頭表示「不」，接著給了一個令人困惑的回答：

「不，蒙娜，不……。我真的相信，妳配得上是喬治．培瑞克的繼承人，應該是妳來談今天的畫作……」

蒙娜扮了個鬼臉。亨利繼續說：

「既然我們上週看了妳祖母最愛的作品，現在妳想不想去看看我最喜歡的藝術家？」

蒙娜露出充滿喜悅的笑容：

「喔！當然好！」

我們會以為看到了一種純粹抽象的形式，因為它是如此簡化：一個不規則且凸起的黑色五邊形，拉長到一百八十公分的宏偉高度（儘管尖端並未完全達到畫框的頂部），並顯現在一個全白的背景上。這是一艘船的船首，但是從正面看來，因為它被壓縮了，所以船首柱的邊緣不是凸起的，而是被壓扁的。五邊形的側邊略微彎曲，以簡約的方式模仿船體的形狀。如果我們想像船體浸入水中，它應該會有一條與畫作底部相對應的吃水線。不對稱和偏差的細微影響維持著某種動態感。因此，左上角略低於右上角，而右上角則非常微妙地向外推移，從而讓正中央產生了微妙的偏移。最後，這個黑色比霧面更加光亮，顏色並不完全均勻，充滿了材質效果（特別是傾斜效果），強化了船首的存在感，使其更為厚實，並且根據船首的角度或觀看者的位置，表面有時會閃閃發光。

蒙娜從未在一幅畫前如此地來回走動。她走來走去，有時則蹦蹦跳跳，幾乎像是在跳舞，並從無數個角度來檢視這幅畫。不知不覺中，她遵循了作者的意圖，那就是以動態而非靜態的方式來看待他的作品。相反地，亨利連一步都沒有邁出去。他感到疲倦，只能欣賞蒙娜的表演，蒙娜在三十三分鐘內輕鬆地走完一公里，眼睛始終不曾離開安娜－伊娃・伯格曼的傑作。最重要的是，從現在開始，他要仔細聆聽她的每一句話，以驗證他關於孫女措辭祕密的假設。

「這就像一個巨大的陰影，爺耶。」孩子終於低聲說道。

「而這個陰影正是繪畫的起點，蒙娜……就是它的『零度』，如果妳比較喜歡這麼說的話。」

「怎麼說？」

「在古代，老普林尼[61]曾講過一個故事，我們通常認為這個故事是視覺藝術起源的神話。這是一個關於卡利洛厄[62]的故事。她是一名大約兩千六百年前生活在希臘城邦西庫昂[63]的女子。卡利洛厄愛上一個必須遠離故土的男人，並希望保留他的形象。她是怎麼做到的？她透過燈籠的光在牆上投射出影子的輪廓，然後把它描繪下來。就這麼簡單。在某種程度上，那個陰影就是模特兒的負片，她用木炭把他的輪廓留下來了，這就成了正片。」

「你覺得藝術家知道這個故事嗎？」

「我確定她知道，因為來自挪威的安娜－伊娃·伯格曼對各種文化、文明和人類的奧祕充滿濃厚的興趣；她對希臘羅馬神話擁有無法滿足的好奇心。或者更確切地說，是對所有的神話，而不僅僅是古希臘羅馬神話。」

「我啊，爺耶，當我想到神話故事，我會想到那些有很多人物和細節的畫作，例如普桑對阿卡迪亞的描繪，或是伯恩－瓊斯的〈命運的巨輪〉。而在這裡，它更像是馬列維奇的白底黑十字架！」

亨利同意這個看法。然後他請蒙娜靠近這幅巨大的畫作，並要她抬起頭來檢視畫作的尖端。孩子隨後意識到，她的身體像是迷失在水中的泳者，可能漂浮在水面上，也可能正在下沉，而船首似乎正朝她撲來。

「如此具有壓迫感的視點，」亨利繼續說道，「我們完全無從得知這艘船的祕密……。船長是誰？誰住在那裡？不得而知。自此，它不再是一艘行進的小船，而是一個謎，隨之而來的是一連串交織著希望與恐懼的情緒。在斯堪的那維亞的民間傳說中，小船非常重要，它們與徘徊的死亡聯繫在一起。據說，被海浪吞噬的漁民鬼魂會騷擾生者，伯格曼在這幅畫中引用了這些傳說。」

「所以，這又是一幅可怕的畫！」

「不過，北歐神話中還有一艘傳奇的船隻，叫做『斯吉德布拉德尼爾』[64]，它是最好

---

61 老普林尼（Pline l'Ancien，西元二三年至七九年），古羅馬作家、博物學家、政治家。

62 Callirrhoé

63 Sicyone

64 Skidbladnir

的船，由兩名矮人用薄木片巧妙製作而成，船身非常大，可以容納所有的神祇……。但更驚人的是，不使用時，它可以摺起來放進口袋裡，可以反覆摺疊，直到變得非常小而緊湊，就像一塊布！」

「哇！這太酷了……。我確信伯格曼在這裡畫的就是『斯吉德布拉德尼爾』，我們可以把她的巨幅畫作摺疊起來，隨身攜帶。」

「但是妳已經帶著它了，蒙娜！」

「什麼意思？」

「妳只需把它記在腦海裡，就這麼簡單。如果一件作品是以和諧與簡單的方式創作，就會更容易被捕捉，就像馬列維奇的〈黑十字〉或布朗庫西的〈空中之鳥〉。而一幅細節繁複的畫作，例如維梅爾或庫爾貝的作品，就不會那麼輕易被大腦捕捉。」

蒙娜理解她祖父的論點，不過，雖然她爲了避免顯得傲慢而保持沉默，但是這將近一年來，她看過的每一件作品似乎都被她吸收了。無論是複雜如維梅爾或庫爾貝，或是簡潔如馬列維奇或布朗庫西，所有這些作品都以近乎幻覺般的精確度在她記憶中浮現。

「爲什麼你那麼喜歡安娜—伊娃．伯格曼？爺耶。」

「因爲這是一個非常自由奔放的人。從一九二〇年代起，她打網球、看電影、打扮得像個男生。一九三一年，她在二十二歲的時候拿到駕照，當時幾乎沒有女性擁有駕照。在她生命的前期，特別是在一九三〇年代，她成爲一名充滿才智、甚至桀驁不馴的著名插畫家暨漫畫家，例如她會毫不遲疑地嘲笑納粹。但是第二次世界大戰對她影響深遠，就像美國人巴內特．紐曼[65]及許多其他藝術家，他們見證了這個世界在一九四五年後化爲廢墟。我們再也無法像從前那樣創作了。用巴內特．紐曼的話來說，就是必須『從零開始』。」

「就像我按下電腦的『reset』鍵？」

「是的，差不多就是這樣。而伯格曼徹底改變了她的藝術計畫。從此，她將人物從她的作品中永遠剔除，並將主題簡化爲非常基本的詞彙：石頭、碑柱、樹木、星體、懸崖。她只專注描繪大自然及宇宙中的題材。她經常在畫作中使用金屬片，尤其是她會根據黃金比例 1.618 這個完美係數來建構她的作品。」

「好了，爺耶，這一次，我搞糊塗了。」

65 Barnett Newman，一九〇五—一九七〇。

「我承認這並不容易解釋。但是，讓我簡單告訴妳，伯格曼做了大量的幾何學研究來構思她的作品。她尋找的是能體現部分與整體之比例關係的形式，這給人一種完美和諧、無窮無盡的感覺。」

蒙娜全神貫注。她擁有訓練有素的感知，讓她能超越所有數學方法的束縛，直覺地欣賞畫作中的神聖比例雛形。但是，由於她非凡的眼力，她比祖父更具洞察力，看到了藝術家如何運用並改變這個規則，避免它變成過於僵化的抽象藝術。蒙娜在腦中想像黑色船首處於過渡狀態，也就是正五邊形的狀態。她的直覺精準無比，因爲這個圖案正是伯格曼所有黃金比例研究的基礎，而她對此渾然不知。蒙娜接著看到了這個五邊形在空中慢慢地變化、向上延伸，變形成一艘船的船首柱，而這個船首柱本身則可以藉由不斷的細微變化，變成碑柱、山峰、地平線或房子。

「從零開始，永遠都要從零開始……這就是伯格曼的教導。」蒙娜自信地說。「只有從零開始，才能重新建構一切。」

「『因爲灰燼中沒有什麼會使人沉淪或感到愉悅；能見證大地結出果實的人，即使失去一切，也不會被失敗所動搖。』」

吟著雷內．夏爾[66]的詩句，亨利牽著孫女的手離開了博物館。蒙娜沉思著。她沒有請祖父解釋他剛剛朗誦的那首詩，而是自己去尋找其中的意義。她尤其想要知道「失去一切」的含意。對她來說，那會是什麼？失去爺耶？爸爸？媽媽？宇宙？還是突然失去所有？失去記憶？失去生命？失去視力？當他們抵達蒙特伊，這孩子已經整整一個小時沒開口了。突然，她想起了這次參觀前的小序曲。

「欸，進去龐畢度中心前，你跟我說，我會知道如何談論今天的畫作，因爲我配得上當……你知道的，那位先生，他寫了一本缺少字母 e 的書，你還記得嗎？」

「喬治．培瑞克，他寫了《消失》這本書。」

「那麼，我算是『配得上』他嗎？」

「是的，蒙娜。妳確實是喬治．培瑞克的繼承人，而這一切都來自妳祖母的一句話。我很快就會解釋給妳聽。」

亨利終於解開了他孫女措辭的祕密，這份幸福洋溢在他的嘴角，久久不曾消散。

66 雷內．夏爾（René Char，一九〇七—一九八八），法國詩人。這四句詩句出自〈還給他們〉（Redonnez-leur）這首詩。

48

尚—米樹爾・巴斯奇亞

走出陰影

48

Jean-Michel Basquiat

Sors de l'ombre

當蒙娜趴在父親舊貨店的地板上寫作業，而宇宙就躺在她的背上時，她瞥見母親站在店門口。孩子和動物同時抬起頭，他們本能地感覺到不對勁。發生了一件令人不安的事情，或許很嚴重，這讓卡蜜兒皺起了眉頭。她在外面待了幾秒鐘，才決定往前走。小狗看到走近卡蜜兒的保羅，吠叫了起來。終於，他們進屋了。卡蜜兒要蒙娜坐下，然後她也臉色灰白地坐下。

「我和妳祖父通過電話了，我們需要談談，蒙娜……」

「怎麼了？」

「喔，如果妳知道我有多麼抱歉，我親愛的……」

「到底發生什麼事了？媽媽。」

「有些人選擇了自己的死亡。」卡蜜兒輕聲說道。

宇宙又叫了一聲，蒙娜幾乎要窒息，她瞥見卡蜜兒笨拙地藏在背後的筆記本一角。那是她的日記嗎？是那本她專心書寫、要向自己述說自失明危機發生以來所經歷的一切的日記嗎？是那本她與「爺耶」經年累月的藝術和生活學習日誌嗎？是裡面寫了她對祖母的調查，但隻字不提的那本日記嗎？她母親竊走的就是那本關於陰影和自由的日記嗎？

「媽媽。」蒙娜用虛弱的聲音結結巴巴地說著。

「哦，對不起，我親愛的。」卡蜜兒一邊懇求，一邊拿出那本紅色的筆記本。「我知道我不該這麼做，我知道妳的祕密是屬於妳的。但是我在妳的房間裡發現了這個……」

「妳打開它了？」

卡蜜兒承認。蒙娜憤怒尖叫。宇宙伏低在家具底下。卡蜜兒衝向女兒，試圖安慰她。她不領情，並用一種連她自己都未意識的粗暴動作將她推開。她尖叫又尖叫，感到被背叛、噁心、絕望。

「妳很差勁，差勁！差勁！差勁！」她不停地說著。

「蒙娜，」她媽媽試圖解釋，「聽我說……」

但是蒙娜什麼也聽不見。她衝向商店門口。她眞的很想逃走，逃得遠遠的，永遠逃離，她陷入一種無法言喻的怨恨、羞恥、悲傷和後悔之中。最後，她雙腿一軟，淚流滿面地跌倒在人行道上。

所以，她母親明白一切了：她已經知道這幾個月來，蒙娜並沒有去看兒童心理醫師，而是和祖父一起去博物館欣賞作品，而且，如果卡蜜兒打電話給她祖父，應該就是爲了談這件事。他們之間到底說了些什麼？蒙娜埋首在雙手間，感覺父母坐在她的兩側，摟住了她的腰。說話的是保羅，而她則以啜泣聲回應。

「蒙娜，妳知道我不擅長聊天。但無論如何，妳要知道，我們都爲妳感到驕傲。我呢，我覺得妳這將近一年來展現的勇氣眞的令人難以置信。妳生病了，但妳從來沒有抱怨過；妳和妳的祖父有個祕密，而妳從未背叛過他；妳問了自己一些關於家裡的事情，妳這樣做是對的。而且我非常崇拜柯蕾特，妳知道的。大家都崇拜她。她是一位非凡的女性。而且她眞的很愛妳，蒙娜！她會非常爲妳感到驕傲的。我要告訴妳一件更美好的事：妳們兩個人眞的是完全一模一樣。」

「妳想要談談嗎？我親愛的。」卡蜜兒小心翼翼地問。

蒙娜沉默著。她能接受父親的話並完全聽進去，但是她對於母親看了筆記本一事卻感到無比憤怒。因爲，沒有什麼比生命中第一次看到我們以爲應該永遠保護我們的母親，卻成爲羞辱和痛苦的根源更爲殘酷的了。

因此，在蒙娜和她母親之間，一切再也無法回到從前了。年輕女孩剛剛經歷了小小的死亡，正開始哀悼。但這也是一個新的開始，蒙娜在她靈魂深處如此宣布。只是這需要一點時間。

*

因此，事情就這樣確定了，這是第一次，亨利在她父母知情的情況下，帶著孫女去博物館。他透露了什麼？確切的事實：這四十八週以來，蒙娜從來沒有去看兒童心理醫師，而是與他一起去參觀藝術作品，而且，正是這每週三的參觀活動擔當了心靈照護的工作。當卡蜜兒和保羅得知這個把戲時，兩人都錯愕不已。他們感受到的不僅是說謊和背叛的恥辱，更多的是自己錯過了與蒙娜一起度過的一段童年，他們與**她**之間的距離變得極爲遙遠。

對蒙娜來說，這個世界正在崩解。由於無法發洩憤怒，她突然感受到來自黑暗的誘惑。是的，來自黑暗。因爲她無法忍受這種對自己隱私的侵犯，她想要躲進晦暗裡。而這個幽暗，她曾如此憎恨、如此懼怕，這種無法感知任何事情的失明苦難，曾讓她相信自己再也無法被任何人察覺，這種灰燼般的孤獨，她驚訝地發現自己竟如此憤怒地渴望著。她想，至少在黑暗中，一切都會消失。接近龐畢度中心時，她向亨利坦承：

「爺耶，有時候，我會難過到想要消失。」

這個充滿死亡衝動的表達讓老人驚駭不已，必須讓蒙娜擺脫那個壓在她心頭的陰影。是時候去欣賞尙—米榭爾．巴斯奇亞那幅偉大的畫作了。

這是一顆巨大的頭，或者更確切地說是兩顆，因為主要的那顆完全扭曲，宛如幻覺，比例失衡，以四分之三側臉的角度呈現，並疊加在另一顆側面頭像上。第二顆頭被擋住，退居到背景中。這個雙重頭像突破了一大片黑色塗層，這片塗層略呈矩形，但很粗略，覆蓋了大部分的畫紙，只有邊緣仍是空白的。雙重頭像從幽暗中浮現，但沒有完全位於中央，而是略微偏向左下方。我們或許可以形容這幅畫極富張力，又帶著稚氣。線條斷斷續續、破碎不堪，沒有絲毫的裝飾。主要的那顆頭有著不對稱的目光，眼白泛著耀眼的黃色光芒，瞳孔放大。它留著平頭（中間是黑色的，兩邊是綠色的），頭髮從圍繞著頭頂的齒狀構造中冒出來。頭像被分成好幾個部分，特別是在上部區域，清楚的分界出現在前額的兩個半部之間，以及前額與眼眶區域之間。色塊顯示出鉛筆塗鴉的痕跡，眼睛的黃色部分被紅色包圍，一大部分的臉是藍色的，前額和臉頰則是灰色、綠色和紅色。它還有一個尖尖的大鼻子，鼻子下方是一片混亂，一大團黑色且模糊不清的東西延伸至嘴巴，嘴巴張開，帶著微笑，還被兩顆大獠牙遮住。至於側面那顆頭，它位於構圖稍微偏左側一點，令人困擾的是，它的下巴和四分之三側臉角度那顆頭的下巴位於同一個平面上；它們幾乎連在一起。前者的口腔內部布滿了有空隙的牙齒，下巴毛茸茸的。更高一點的地方，我們隱約可以辨識出鼻孔的模樣，因為那條拉緊的線末端有小孔。另一方面，我們看不到眼睛，沒有球狀體，但沒有什麼能與那兩個盯著觀眾的黃色橢圓形發出的瘋狂亮度匹敵。

蒙娜在這件作品前停留了很長的時間，還特別檢視了黑色壓克力顏料的痕跡。她一遇到這些黑色痕跡，就會陶醉於其中，並想起每次參觀博物館時，這個色調如何深深打動她：林布蘭和他的明暗對照法，瑪麗—吉耶曼．伯努瓦的瑪德蓮肖像、哥雅、庫爾貝、馬列維奇、哈同和伯格曼。

「畫這幅畫的那個人，他真的很憤怒。」蒙娜開口，面色緊繃。

「既憤怒又堅定，兩者都有。這個，有部分可由藝術家的身分來解釋。他是來自布魯克林的尚—米榭爾・巴斯奇亞，是一名黑人。在當時的美國，這使他身處某種邊緣地位。但由於他擁有非凡的藝術天賦，他反而以這種邊緣地位爲傲，最後他成爲全球最知名的創作者之一。」

「唔，對，因爲他在這裡！」

「是的，他在龐畢度中心，也被世界各大博物館收藏。不過，妳能想像嗎？他是從街頭創作開始的。他是我們今日所謂的塗鴉或街頭藝術的先驅之一。」

「我啊，我會說這很直接，這幅畫釋放出一股能量……」

「巴斯奇亞一直在畫畫，但是他拿蠟筆的方式非常奇怪，大家都說有點像是『癱瘓的人』，因爲他用無名指夾著蠟筆。這當然是故意的。所以這些蠟筆就會滑掉，從他手指間溜走，他會把它們抓住。在巴斯奇亞的作品中，蠟筆有時會在瘋狂的移動中採取主動，他只是跟隨或調整在材料上的痕跡。這解釋了這顆頭的能量來源。」

「這顆頭？但是，爺耶，有兩顆耶！」

「是的，有一顆主要的和一顆輔助的。白色側臉被置於背景；那顆四分之三側臉角度的頭不僅蓋住了它，還把它抹掉了。而主要的那顆頭有幾個特徵：它好像戴了一個由不同板子製成的面具，這些板子塗了淺淺的紅色、綠色、藍色和灰色。這可能會讓人想起粗略勾畫的鬍子，但也有可能是黑色的皮膚。因此，這顆頭同時暗示了一個身分被隱藏起來的人，他被頭盔或是非西方文明的面具遮住，正如漢娜·霍克的作品所展現的那樣，或甚至可能是一個黑人。不管如何，這顆頭的身分並不確定。它也有點令人不安，不是嗎？」

「對，因爲嘴巴眞的很奇怪：有兩顆大牙齒，讓人想到吸血鬼或是野獸的嘴，而且在顎部的深處，就是喉嚨開始的地方，藝術家在那裡畫了一個小小的紅色網格……。最重要的是，這雙黃色的眼睛；我覺得它們眞的很可怕。」

「它們可能很可怕，蒙娜。它們讓人想起毒品盛行的年代，巴斯奇亞本人不幸也是毒品的追隨者。在一九八〇年代的紐約，有許多年輕人會服用大量的毒品來改變自己的意識，他們因而會感到欣快，或非常平靜，或是極爲強大……」

「但是，巴斯奇亞畫這幅畫，是在爲毒品做廣告嗎？」

「就某種意義上來說，也許是，因爲它見證了毒品的力量。毒品能讓我們超越人類的感知界限，讓存在更爲強烈。但是巴斯奇亞也深受毒癮之苦，而且總體來說，他也付出了沉重的代價。再看看這顆怪誕的頭，還有背景中與之重疊的缺牙側臉，這兩張面孔既令人著迷又使人厭惡。」

「對，而且，我們在左邊瞥見的那一小部分臉孔讓人想到骷髏頭。」

「完全正確。而且妳知道嗎？巴斯奇亞經常畫頭顱，他的好朋友安迪．沃荷也是。」

「啊，對，這個名字我有印象……」

「安迪．沃荷是一九六〇年代所謂『普普藝術』[67]運動的主要人物，他大力支持巴斯奇亞。有趣的是，這兩個人都非常著迷於頭顱的圖案。巴斯奇亞就像沃荷一樣，有一個經常生病住院的童年。他在紐約的貧民區長大，還曾被車子撞過……」

「這讓我想到芙烈達．卡蘿。」

「非常貼切。但是巴斯奇亞發生車禍時，比芙烈達還要年輕；那是一九六八年的五月，當時他只有七歲……。他受了很嚴重的傷，醫師不得不切掉他的脾臟。康復期間，他沉浸在一部解剖學著作裡，這激發了他對身體圖像的熱情。他經常造訪博物館，尤其是紐約大都會博物館。他像沃荷一樣，對繪畫史瞭若指掌，而且在這件作品裡，我們也可以認識到

67　普普藝術（Pop art）是盛行於一九六〇年代的一股國際藝術風潮，反抽象主義，推崇通俗文化。

一個傳統的藝術流派，那就是虛空派[68]。」

「對耶，爺耶！這幅巴斯奇亞的畫應該和哥雅的靜物畫放在一起，就是羅浮宮裡那顆被砍下來的羊頭！它也有黑色的背景，還有兩顆腎臟，就像我們在這裡看到的那雙黃色眼睛一樣。而且還有紅色的『7』，它也是完全位於中央……」

亨利一時沒有明白他孫女在講什麼。但實際上，蒙娜被畫作中的一個部分迷住了，這個部分似乎形成了數字「7」。那是在圖像的右側角落，也就是圍繞著左眼的部分，看起來就像是一塊被圓頭鉚釘固定在牆角的牌子。然而，這個地方充滿了血紅色的蠟筆痕跡，還聚集了很多類似細胞或血球的小圓點……。「7」突然清晰可見。

「妳說得對，蒙娜……。繼續！」

「還有你看，爺耶，巴斯奇亞想要呈現大腦中一個非常燙的地方！這與黃色的目光非常契合，因爲這顆頭顱正在沸騰；它在燃燒。」

亨利對孩子的中肯感到很震驚。這顆半機械半生物、半人類半動物、半黑半白的頭顱著火了。此外，巴斯奇亞特別重視大腦的左半球，也就是掌管語言和文字的區域，這位以塗鴉起家的藝術家非常重視這個區域。對亨利來說，「7」也與巴斯奇亞逝世的年齡產生共鳴（這是最神祕的一件事），他在二十七歲那年因藥物過量去世。

「透過他內在的火焰，」老人繼續道，「這件作品展現了帶著自身光芒並逃離了幽暗的眼睛，它展現的是一張走出陰影的臉。巴斯奇亞的整個藝術就在這裡：他讓紐約的街頭文化走出陰影；他讓塗鴉藝術走出陰影；他讓美國黑人的創作走出陰影；他讓他們的出身以及從奴隸到種族隔離的痛苦歷史走出陰影；他讓他們最傑出的鬥士走出陰影，例如拳擊手、爵士樂手，當然還有他自己。巴斯奇亞讓陰影走出陰影。」

「走出陰影。」蒙娜鄭重地同意。

離開龐畢度中心後，亨利差點就向他的孫女透露其措辭中的神祕之處，但是他忍住了。現在時機不對，必須等一個更快樂的日子。蒙娜觀察著巴黎牆上隨處可見的塗鴉，她很好奇，在創作這些塗鴉作品的藝術家之中，是否會有像巴斯奇亞那樣的人，總有一天能進入世界上最重要的博物館之一。

---

68 虛空派（vanité）是十六至十七世紀在法蘭德斯地區流行的一個繪畫流派，意圖表達世間的一切浮華享樂皆是虛無、幻影，終究逃不過毀滅與死亡的命運。

49

露易絲・布爾喬亞

要會說「不」

49

Louise Bourgeois

Sache dire « non »

蒙娜已經有好幾天沒和父母講過一句話，尤其是拒絕聽到卡蜜兒說的任何話。她也對自己的房間感到厭惡，因爲她總是會想起母親進來翻找的情景。因此，這名年輕女孩覺得有必要重新布置一切，將任何看起來像玩具的東西都拿走，卽使只是有一點點像也不行。總之，她徹底清理了一切。

在這場大混亂中，她偶然發現了一份線圈裝訂的檔案，整整三週，她完全忘了它的存在，那是馮．奧斯特醫師的醫療報告《蒙娜之眼》。然後她明白了，這顯然才是她母親在未提前告知她的情況下要尋找的，除此之外，別無其他。然而，她沒有拿到這份檔案，而是取走了日記，因爲兩者都是紅色的。

蒙娜打開報告，「像個大人一樣」（她心裡這樣形容自己的態度）翻閱報告，並在其中認出她與醫師經歷的一切過程。更重要的是，她試圖在最後一頁解讀醫師關於舊疾復發的診斷。這眞的是一種天書般的語言，特別是提到了「精神創傷」和「特殊程度的視力」……。她走進廚房，想和父母談談。當卡蜜兒看到女兒手上的檔案時，感到鬆了一口氣，但又有些不安，尤其是迫不及待。

「媽媽，爸爸……我想要由我自己來跟你們說……。我呢，我想要說說發生了什麼事……。所以，事情是這樣的……」

然後蒙娜開始長篇敍述這一年來瘋狂緊湊的經歷，那段被埋藏起來的部分過往浮現了，她的現在激烈燃燒，她的未來則變得黯淡。

「馮．奧斯特醫師將我催眠，讓我試著回到引起失明的原因。其實，我曾一度回想起奶奶。最重要的是，我想我確實記起了最後一次和奶奶道別的情景。那是在吃完飯後，餐桌上有很多朋友，他們都在向奶奶舉杯。還有妳，媽媽，我想我記得妳對她特別生氣之類的。然後，我也記得她對我非常好，她把她的吊墜送給我，她還跟我說了一句眞的很美的話……。這句話，我也想起來了，而且我想我現在明白了。奶奶把吊墜掛在我脖子上，微笑著低聲對我說：『忘掉負面的部分，我親愛的；永遠都要保持妳內在的光芒』。」

這一次，卡蜜兒哭了。

「所以，在馮．奧斯特醫師的協助下，我終於感覺到，我小時候最後一次見到奶奶和我眼睛的脆弱之間，存在著某種聯繫……。而現在，我想我明白了，是這個吊墜……。這就是爲什麼可以說命懸一線。」

卡蜜兒被情緒壓倒，思量她女兒這一年來的心路歷程，終於下定決心打破柯蕾特．維耶曼之死這個禁忌。因爲，從現在起，蒙娜已經準備好要接受一切、知道一切。還有，看到一切。

*

這一次，亨利要向蒙娜揭示她宛如小樂曲般措辭韻律的謎團……。這三週以來，這個謎團已經被解開了。老人在內心深處夢想著能在他們一起欣賞過的每幅畫前，再度聽他孫女說話。他會對蒙娜的評論、分析和提問感到欣喜若狂，因爲在聆聽之際，他會意識到這些話語足以配得上喬治·培瑞克的特殊之處。所以，是的，當然，他可以繼續跟孩子交談，而不去解開這個咒語，但是他決定要在這個星期三闡明一切。

爲了這個場合，他繫了一條蒙娜從未見過他戴的領帶。她十分好奇，因爲在紅色的布料上，到處都寫著不同字體的「不」字。這條限量版領帶是基於人道理由生產的，這是藝術家露易絲·布爾喬亞的作品。正如我們所料，亨利會這樣打扮，是因爲他準備談論這位非凡的女性。這名女子最爲人所知的是她那如保護者般的巨大母蜘蛛雕像，這些蜘蛛象徵著她的母親，而她的母親是一名織布女工。

那是一個巨大的雪松木桶，是一個超過四公尺高的圓形儲槽（但頂部是敞開的）。桶子的兩側各有一扇門，在入口那扇門的上方，有一條金屬帶子用英文刻著：「藝術是精神健全的保證。」一進入木桶內，就會發現那是一個房間。在直徑四公尺的地板上，有一個空蕩蕩、陰森的床架，上面還有一灘液體。床的周圍矗立著四根插在基座上的鐵柱，每根柱子都有細長的橫桿垂直伸出，桿子末端懸掛著許多大小不一、形狀彎曲的玻璃器具，包括燒瓶、曲頸瓶、蒸餾器……大約有五十個左右。這套裝置會將水倒到床板上，水會在封閉循環的冷凝過程中被回收。地面上，就在床的中心軸線靠牆之處，有一盞由兩個乳房形狀的物體交叉疊放而成的雪花石膏燈，發出柔和且充滿生命力的光芒。在入口左側緊靠著門口的地方，掛了一件黑色大衣，大衣下方有兩顆顏色相同、直徑約六十公分的大橡膠球。大衣裡，撐著一件塞滿填充木屑的繡花襯衫，上面垂直寫著「merci」（感激）和「mercy」（憐憫）兩個字。在這兩顆球的對面，還有另外兩顆相似的球體，但這次是木製的（所以總共有四顆球體）。

蒙娜繞著這個桶子轉了大約十分鐘，再也按捺不住了。儘管有兩條粗繩擋住進入作品內部的路，她還是避開展館守衛的視線，溜了進去。她蹲在燈旁，藉著這盞燈兩個放射光芒的乳頭，把自己想像成雕塑家本人。她縮成一團，變得很小，像周圍的四顆木球與橡膠球一樣小。亨利沒有聽到警報聲，鬆了一口氣。他讓她靜靜地欣賞這件作品，去感受內心的那份悸動。當他終於開口時，聲音很輕，好讓蒙娜能保持在這個特殊的位置而不被發覺。聲音聽起來就像是在樹林深處的小屋裡。

「所以，一件藝術作品並沒有預定的形式：對露易絲．布爾喬亞來說，它可以採用建築物、甚至是一間小屋的規模。這就是她所謂的『小隔間』，她認爲每一個小隔間都是一幅自畫像。但是，她的自畫像並沒有像林布蘭或芙烈達的畫作那樣展示身體的表面，而是揭露了大腦的內部。當妳走進門裡時，妳就穿透了露易絲．布爾喬亞臉部的皮膚，發現自己進入了她的大腦。」

「抱歉喔，爺耶，」蒙娜悄聲道，「但正常來說，大腦看起來就像個大核桃。這個我知道，因爲我曾經在核磁共振上看過我的腦子。但這個，我覺得它像是一個桶子……」

「這就是一個桶子啊！這就是水塔的再現，就像在紐約的屋頂上常見的那種。」

「啊！巴斯奇亞的城市！」

「還有露易絲．布爾喬亞……。她於一九一一年在法國出生、長大，最終於一九三八年定居美國。但她心中仍有鄉愁……」

「鄉愁？或許她實際上是在培養憂鬱。」蒙娜提出這個觀點，同時想起了在奧塞美術館裡，愛德華．伯恩—瓊斯的畫作帶來的教導。「你看看這個小隔間，爺耶，裡面有各種容器和流出水的燒瓶。我們會以爲看到了眼睛後面的神經迴路，就是那些讓你流淚的迴路。我在露易絲．布爾喬亞的眼睛裡，爺耶！」

「是的，這個圍繞著床的整個玻璃裝置，還有這些流體的循環，都與人體的循環系統很像：眼淚、血液、唾液、乳汁……。這些都是非常珍貴的液體，因爲它們使身體得以存活，最重要的是，它們代表著強烈的情緒：飢餓、口渴、恐懼、愛。」

「你可能會覺得我在說非常傻的話，爺耶，但是當我看到床上那一灘液體，我馬上想到一個讓我們感到非常難受且害怕的夜晚。在那種情況下，我們會流很多汗，甚至有時，哦，好吧，你知道的（她笑了），當我們還是個孩子時……」

「……我們會尿床，而且我們會覺得丟臉。正是如此，蒙娜。這就是布爾喬亞在處理的主題，她談到了這些在童年時讓我們不知所措並淹沒我們的各種情感和感官。正如標題所說，液體很珍貴，因爲它們可以釋放情感。」

「你說這是在童年時期，好吧，但是它看起來就像是一個大人的臥室，或者是一個有點瘋狂的科學家的實驗室……。哦，爺耶！跟我一起到裡面來！你會發現，我們以爲這很可怕，但事實上，這裡很舒服！」

亨利猶豫了。龐畢度中心的展廳裡空無一人，守衛正在打瞌睡。但他認爲這件作品應該是屬於蒙娜的……。他接著說：

「這個地方縈繞著童年時期所有可能經歷的煩惱，這個地方可以讓我們提防這些煩惱並自我療癒。因此，這裡也是一個保護的場所。再說，因爲我留在外面，我吶，我可以看到入口處有一句話：『藝術是精神健全的保證。』創作、觀看這些作品，可以讓人免於瘋狂。」

「但爲什麼露易絲．布爾喬亞會發瘋呢？」

「因爲她的整個童年充滿了無數的誤解、不安和創傷。這些不需要特別戲劇化或充滿暴力，大多數的時候，它們是隱隱約約、幾乎無形的，而且因爲它們是不可說的，我們就無法察覺它們，這使得它們更加可怕。露易絲在妳這個年紀時，家裡發生了一件令人難以忍受的事情。乍看之下似乎並不嚴重，卻足以造成無法挽回的傷害。」

「什麼事？」

「她的父親把情婦帶回家，而這自然讓露易絲的母親痛苦萬分。然而，表面上，一切看來都很好。此外，人們經常告訴露易絲，她小時候非常幸運，她有一個『金色的』童年。但是，父親的行爲卻傷害了她一輩子。」

「是的，我明白……。那是因爲有愛，這是肯定的，但也有謊言。」蒙娜低聲說道。「而這，這是無、法、接、受、的（她加重了這個詞的每個音節）。」

孩子待了好長一段時間，終於鼓起勇氣站起來，在這個空間裡走動。她邁著輕柔的腳步，悄悄走向那件大衣，大衣裡面有一件塞滿塡充木屑的繡花襯衫。她感受到了此一元素的所有含糊性，因爲這件大衣的陰莖形狀令人不安，但我們也可以試著與它和解，並棲身於其中來平息自己的焦慮。亨利只是略微暗示作品的性象徵，但蒙娜無須他的解釋，便能心神領會。這四個球體，無論是衣服底下的橡膠球，還是右邊的木製球，都讓人想到男性的陽剛之氣和父權象徵。這件印有「Merci-mercy」字樣的襯衫象徵著在這兩種矛盾情感之間掙扎的童年：一方面是對父親和成年世界的感激之情；另一方面則是受制於權威而不得不請求憐憫。

「其實，爺耶，我覺得我可以住在這裡。我在這裡感覺很好。我覺得好像在自己家裡！眞是神奇。」

「露易絲·布爾喬亞會對妳的感受感到欣喜。妳要知道，她在一九九二年創作了這件裝置作品，當時她差不多是我現在這個年紀，透過這個臥房，她回憶起她生命中與妳年齡相仿的時刻。她說（他憑記憶引述）：『我的童年從未失去它的魔力。它從未失去其神祕性或戲劇性。』因此，妳來到了這些地方，就是在向她致敬。但是現在，快出來吧，我想守衛可能從午睡中醒來了……」

「好吧……再見，露易絲！」

蒙娜悄悄地離開小隔間。

「可是，爺耶，今天的教導到底是什麼？」

「它寫在我的領帶上，蒙娜。」

「你又在說什麼啊？」

「這條領帶是二〇〇〇年出產的，背面有精緻的刺繡字母，我們可以看到露易絲・布爾喬亞的簽名。」

亨利把它拿給入迷的蒙娜看。

「我打賭這是奶奶送給你的！」

「沒錯，這是她送的漂亮禮物。這條領帶是根據露易絲・布爾喬亞在一九七〇年代初期的一系列作品而製作的……，那系列的作品幾乎沒什麼人知道。藝術家多次從雜誌上剪下這個簡單的字：『不』。然後她把這些字貼在某個材料上，最後形成了完全被這個純粹否定所覆蓋的插圖。『不、不、不、不……』。」

「所以？」

「所以，這就是露易絲・布爾喬亞的教導：要會說『不』。」

蒙娜突然顯得萬分迷惘。這個教導，這個明確的教導對她來說似乎極爲不協調，以致於她無法重述。她沉默不語，而這個靜默正好證明了其措辭中的傳奇祕密。因爲蒙娜的語言表達完全排除了負面表述。這就是亨利的發現，也是此時此刻我們可以完全觀察到的事實。

因此，我們可以聽這個孩子講上好幾個小時，她知道如何表達肯定句、感嘆句、疑問句，但是，不，她從不使用否定的表述，這就像是透過大腦的奇妙組合，她天生的思維拒絕讓副詞「不」和「沒」出現在句子裡。她可以說「這**是**絕無可能的」，但無法講「這**不是**可能的」。同樣的，她完全可以表明對某事「一無所知」，但她不會用「不知道」作爲理由。這種非凡的語法煉金術已經深深地融入她的大腦過程，從而塑造了她的措辭。但這種煉金術來自何處？亨利回答。

「來自妳的祖母，蒙娜：『忘掉負面的部分，我親愛的，永遠都要保持妳內在的光芒。』最後這句話的力量是如此強大，以致於妳最深層、最根本的潛意識深受這句話的影響，然後它建構了妳、鞏固了妳，甚至是妳的語言表達。爲了保持妳內在的光芒，妳實際上需要把負面的東西隱藏起來……。但是，從今以後，蒙娜，妳必須知道如何說『不』，好嗎？」

「好的，爺耶。」

50
瑪莉娜·阿布拉莫維奇
分離是一個值得把握的機會

50
Marina Abramović
La séparation est une chance à saisir

在法語課上，有幾堂是專門用來學習詞彙的，其中一個練習就是學生必須選擇一個罕見的詞語，並以簡單的口頭報告盡可能闡述最完整的定義。蒙娜聽了她的同學們談論「茨藻」、「奉承」或甚至「輕率」。然後輪到她了。她的老師用帶著輕蔑的聲音問道：「來吧，輪到您了，蒙娜。站起來，告訴我們您打算誇誇其談什麼。」

蒙娜的拳頭緊握，脖子僵直。

「『安樂死』。」她回答，並讓昏昏欲睡的同學們聽寫這個詞。

她的老師挑了挑眉。蒙娜深吸一口氣。

「『安樂死』，就是指某人決定自己想要死去，因爲他病得很重，並且知道自己無法好轉。例如，當我們年紀很大，當我們有很多病痛，當生活拒絕像從前那樣帶給我們快樂的時候。安樂死是一個令人難以置信且非常勇敢的舉動，和自殺有一點區別。當某人選擇安樂死時，他們已經與親人、家人、醫師討論過這件事，這是一個眞正的選擇，因爲我們熱愛生命，而當我們熱愛生命時，我們會希望生命直到最後一刻都是美麗的，我們會希望死的時候保有尊嚴。」

蒙娜沉默了一會兒，發現每個同學都彷如被電擊般地看著她。

「安樂死在某些國家是被允許的，例如比利時，但在許多其他國家是被禁止的，特別是在法國。原因有好幾個：很多醫師認爲這違背了他們的職業使命，因爲他們應該要提供的是醫療照護。此外，宗教上也相當反對，因爲宗教認爲我們何時會死亡，這應該由上帝來決定。然而有些人，包括信仰上帝的人，他們依然強烈主張安樂死是人類應該擁有的選擇，我們應該有這樣的權利，因爲我們有權利自由選擇何時死去。而這些人，我們稱他們是社運人士，他們的目標就是能有尊嚴地死去。」

蒙娜說完後，坐回座位。一位坐在第一排的學生問什麼是「尊嚴」。蒙娜回答道：

「就是當事情很偉大、值得我們尊敬時。」

另一位學生的反應顯示出他這個年齡的特徵，尤其是他這一代的自戀傾向，他低聲咕噥道：

「我啊，我值得尊敬！」

班上響起一片喧鬧聲。儘管這些聲音還帶著童稚，但他們的語調模仿的是青春期那種粗暴且愚蠢的口音。然後，教室又恢復了寧靜。

「好，蒙娜，妳這份作業超乎預期，但缺少了這個詞的起源。不過，由於妳不懂古代語言，所以我承認，這要求對妳來說有點過高……」

「老師，這來自古希臘語。」

「沒錯，嗯，很好。我猜妳父母在這份作業上幫了妳很多忙！」

「不。幫我的，是我的祖母。」

*

亨利知道，他只剩下三個星期三可以和孫女一起在博物館度過，一年五十二次的參觀即將結束。亨利思索著這個期限，有一瞬間，他問自己：過了那一天，他的生活還有意義嗎？這種孤寂無依的感覺掐住他的心，他開始感受到自己的脆弱。於是，他瞬間回到六十年前，想起了柯蕾特。他記得他們兩人在海邊收集蟹守螺，然後把蟹守螺當作幸運符，他記得他們如何彼此宣誓愛意，那是一種純粹的愛情、永恆的心靈交流。當他問她是否想要幸福的生活時，她微笑著回答：「不。我想要**狂熱地**幸福。」剛邁入成年就已經開始爭取尊嚴死亡權的柯蕾特，那天還讓亨利發誓，如果有必要，當他們太老的時候，他們彼此都不會阻止對方在尊重自我的情況下，選擇結束自己的生命。當時的亨利和柯蕾特年輕、勇敢、無畏，而且是如此美麗，他們在感性抒發和帶有悲劇色彩的驕傲中許下這個誓言。而且他們信守了諾言。

因此，在這個憂鬱的星期三，與其說是蒙娜，不如說其實是他自己需要藝術所能帶來的慰藉。在龐畢度中心，亨利牽著孩子的手，心頭沉重地走進一個展間，裡面展示著瑪莉娜·阿布拉莫維奇的礦物材質裝置藝術。

在一個長方形的房間裡，有三個平行六面體的銅製元件規律地懸掛在每面白牆上：左邊和中間那兩個是垂直的，最後一個是水平的；這三個的厚度都是約二十公分，長度是二百五十公分，寬度是五十二公分，帶有冷酷、嚴肅的厚重感，但顯得非常精練，呈現出綠色和灰色的反射效果。透過一份使用手冊（作品的一部分），我們得知第一個面向右邊的物件名為「白龍：站立」，觀者可以爬上去並往下看，它有一個可供站立的底座，以及一個用來引導視線的硬石英頭墊。中間的物件名為「紅龍：坐著」，它邀請觀者坐在座椅上並看向前方。最後是「青龍：躺下」，它配有枕頭和腳托，邀請觀者採取躺臥姿勢並看向上方。

蒙娜在理解玩法後，也加入了遊戲，從一個物件移到另一個物件，這花了她大約六分鐘。但是，當她拋開指示，她突然確信這件作品的意圖與其說是視覺，不如說是爲了觸摸和身體的感知。爲了體會這一點，她做了一件相當令人驚訝的事：她重複剛才的經歷，但這次閉上了眼睛。她首先在第一個物件上停留了十八分鐘，也就是這件裝置左側的物件；她攀爬上去，試著感受從她靠著、站立的物體所湧入的能量。然後，她閉上眼睛，花了九十秒鐘，摸索著來到第二個物件（中間那個），爬上去並坐下，再度動也不動地待了十八分鐘。她花了相同的時間抵達水平懸掛的第三個物件並躺了下來，她一躺下，就感受到了它的生命力。這個漫長的儀式結束後，她找到自己的方向並伸直了脖子。然後她看到了祖父那張帶著刀疤的臉就在她旁邊，沉默著，微笑著，略顯蒼老。人們可能以爲他會爲她講一個故事，好讓她安心入睡。但說話的是她。

「這太神奇了，爺耶，所有我們能感受到的一切。你知道的，當我們去看雕像時，例如米開朗基羅或卡蜜兒．克勞岱爾的雕像，我總是想摸摸它們……，我唯一一次敢這麼做，就是用手指輕觸根茲巴羅的畫作。還有當我潛入露易絲．布爾喬亞的裝置時。但是我知道我這是有點違法了（亨利被她的話逗樂了）。在這裡，可以眞正接觸作品，沒有守衛會來斥責你，這種感覺太棒了……」

「告訴我爲什麼，蒙娜。」

「因爲我明白了藝術家是在對你的整個身體講話。在這裡，觸覺眞的比視覺重要。而且你知道，我很高興知道有藝術家願意關注整個身體。」

「對視覺以外的其他感官說話。這讓我想起安托萬．德．聖修伯里[69]的這句話：『只有用心，我們才能看得清楚。本質是眼睛看不見的。』不過，妳繼續說。」

「我想說的是，當我們去博物館時，我們會告訴自己，必須看完所有的東西，而且通常要花很長的時間……。你聽我說，哎，我是很喜歡這樣，爺耶。但的確，我覺得這件作品在呼喚我用身體去做點什麼。喔，當然是些簡單的事情！只要站著、坐著、躺著。」

「妳把這件作品描述得比我好，蒙娜，所以，請繼續。」

「我跟你說過，這些都是簡單的事情，日常生活中的事。但是，那個……怎麼說呢？……我們覺得這是一件簡單的事情，而它讓許多情感再度湧現，因爲我們的手臂、腳和頭都有感知。」

「妳就是因爲這樣而把眼睛閉上……」

「對，是的，就是因爲這樣。」

蒙娜聳了聳肩，帶著她有時似乎因爲自己就是自己而感到抱歉的神情。當她閉上眼睛，體驗阿布拉莫維奇的裝置作品時，她擔心會讓亨利感到難過。然而，亨利十分清楚，蒙娜這麼做，是想要馴服潛藏於陰影中的不幸。而這整件事中最瘋狂的部分就是她竟然成功了。阿布拉莫維奇的作品向她證明，在黑暗裡仍有一個運動中的宇宙深淵，而生命並不會止於白晝。換句話說，她很珍惜這段昏暗的時光，她沐浴其中，而非被淹沒其中，對黑暗的懼怕也少了一點點。但就只有那麼一點點而已。

「妳要知道，瑪莉娜·阿布拉莫維奇還活著，她是二十世紀最偉大的藝術家之一。她在南斯拉夫治下的貝爾格勒出生，並於一九九〇年代成爲全球知名的人物。她對一種新表達形式的蓬勃發展有很大的貢獻，那就是行爲藝術。當然，這種形式最初是在二十世紀逐

---

69 安托萬·德·聖修伯里（Antoine de Saint-Exupéry，一九〇〇—一九四四），法國作家，著名小說《小王子》（*Le Petit Prince*）的作者，第二次世界大戰期間執行飛行任務時失蹤。

漸發展，但它眞正開花結果，要歸功於阿布拉莫維奇。」

「對耶，爺耶，我想起來了！我們已經談過了，就在一扇櫥窗裡的浴室前！」

孩子記得她和祖父在市政廳百貨公司前面的談話。事實上，亨利當時趁機向她解釋了什麼是行爲藝術：這類作品不是具體的創作，而是短暫實踐的一個行爲，他特別舉了一對藝術家爲例，他們在創作過程中相互咆哮，直至筋疲力竭。這場行爲藝術表演就是由阿布拉莫維奇和她當時的伴侶德國攝影師烏雷[70]於一九七八年進行的。

「那麼，這有點像是戲劇吧？」

「是的，有那麼一點。但戲劇是在舞台上進行的，而行爲藝術可以在任何地方上演，而且我們也不知道結局；最重要的是，這類作品會讓觀衆更加積極參與。例如，一九七四年，阿布拉莫維奇在一個空間裡公開表演，她一動也不動地面對著觀衆，面前有一張桌子，桌上擺著七十二件各式各樣的物品，包括鮮花、照片、刀子、甚至還有一把上膛的左輪手槍……。人們應該能隨意對她做任何事情；她就像提線木偶一樣被動。直到有人拿起左輪手槍，把她的手指放在扳機上，把槍轉向她自己。」

「太可怕了！」

「而且危險。畫廊老闆認爲這個表演過於極端，就中止了演出。這是這類作品中最主要的挑戰之一，就是每一次都要讓藝術家和觀衆的身體走出他們的舒適圈，目的是要讓他們有極端的體驗。這些體驗有時是無聊的，有時是危險的，有時是平靜的，有時是令人耳目一新的，有時是這一切的混合體。正如妳所理解的，阿布拉莫維奇試圖撼動整個身體。當然，是她自己的身體。但是，透過對她所做的和所展示的產生同理心，或是推動觀衆積極參與特定的裝置，她試圖讓觀衆的身體和大腦接受考驗，並讓他們透過身體深刻地意識到所有在他們體內流動的強烈與矛盾的能量：恐懼、愛、恨、殘忍、匱乏、渴望、喜悅……」

「那麼，這件作品，她想要我們感受什麼？」

「她去中國旅行回來後，創作了這件裝置。那是一場非凡的冒險。此外，這三個物件的名字都有龍，靈感就來自中國的傳說。」

「爲什麼這趟旅行是個冒險？」

70 烏雷（Ulay，原名 Frank Uwe Laysiepen，一九四三—二〇二〇），德國行爲藝術家。

「她和伴侶烏雷各自從長城的兩端出發，長城被中國人視爲是一條巨龍。烏雷從西邊出發，瑪莉娜從東邊。他們用步行的方式，一直走、一直走，經過兩千公里的長途跋涉，終於相遇了。在這裡，在這個會合處、這個相遇點，他們相互擁抱，隨後決定分手……。兩人的共同生活就此結束。他們的重逢因而就是一種分離。」

「喔……喔，爺耶，這太悲傷了！」

「所以，妳體驗的這件裝置應該能讓妳透過與材料、銅、石英的能量互動，感受到藝術家本身所經歷的一切，也就是巨大的懷疑和痛苦，還有一種甦醒的感覺。阿布拉莫維奇說，藉由卸下沉重的負擔，我們得以重生，而這些負擔，有時正是我們所愛的。」

「爺耶，所以你是在跟我說，分離是……是……」

「……這也是一個値得把握的新生活和新契機，蒙娜。想想『出發』這個詞的雙重意義。出發既是結束，也是開始。這就是今日的教導。」

「但是我們呢？我們是永遠無法分開的，對吧？你以世上所有美好的事物發誓！」

他微笑著親吻她的額頭，感覺稍稍活了過來，但依舊憂鬱。

51

克里斯蒂安·波東斯基

自我歸檔

51

Christian Boltanski

Archive-toi

「妳父親和我有件事要告訴妳……」

蒙娜知道這句話不會帶來什麼好消息。保羅靠在家具上，歪著頭，滿臉懊悔。他的女兒感到驚訝，因爲他沒有看著她，並用微弱的聲音開口說話。

「這不是一個容易的決定，我親愛的。但是，那個……我要出讓舊貨店了。」

「妳父親，」卡蜜兒接話，以避免出現任何的沉默，「剛剛爲他的發明簽下一份非常好的合約。他遇到許多相信他並願意幫助他的人，但是他無法同時經營舊貨店。」

這個消息本身很棒，但這重重地衝擊了蒙娜的日常，因爲對她來說，舊貨店是她的夢想之屋。宇宙低聲地吠叫並搖著尾巴，感覺牠的女主人快要哭了。她不知道該怎麼辦，只能把牠抱在懷裡，彷彿這是她在世上最後的同伴。然後她注視著她的父母。

「我們可以去那裡嗎？爸爸。」

「去哪？親愛的。」

「店鋪後方房間的地窖。」

蒙娜知道這個頂讓意味著什麼。她預見了未來的辛勞：地方要清空、許多的報價、店裡會迎來新的經營者。她明白即將發生的一切很快就會成爲現實，直至現在化爲過往的印記。然而，這還不是最糟的。有一種痛苦超越了所有其他的痛苦，那就是可能要清空地窖，這個黑漆漆的地窖長久以來一直讓她感到恐懼，而地窖已經成爲保存柯蕾特痕跡的聖地。

於是，蒙娜帶著父母來到店鋪後方房間的最深處，穿越黑暗，像潛入地下墓穴般進入地下室。宇宙吠叫著。

「所有這些，你們要怎麼處理？這些箱子裝滿了奶奶的東西，你們要怎麼辦？你們要放哪兒？如果你們把它們丟掉，我會討厭你們！」

「夠了，蒙娜！」她的母親嚴厲回應。「妳怎麼會以爲我會拋棄妳祖母的回憶？」

「可是，妳要把這些箱子放到哪裡？它們綿延數公里！如果妳把這些丟了，我會討厭妳！」

「蒙娜，」保羅平靜地插話，「我不會對妳撒謊。的確，我們目前還不知道要怎麼處理這些舊文件，但是……」

「別說這些是『舊文件』，爸爸！這些是寶藏，我知道的，我知道這些是寶藏。」

大家都沉默了。蒙娜冷靜下來，然後抓住父親的手臂。奇怪的是，她仍以身爲這樣一個男人的女兒爲傲，十一歲的她，衡量著他和她一樣，在這一年裡所經歷的一切。然後，她的心情突然改變並猛然一驚，因突然而來的啟示而感到震撼。

「爸爸，媽媽，我有一個主意！」

*

這是蒙娜和她祖父倒數第二次一起來到博物館，亨利難以掩飾那股攫獲了他的靈魂並狠狠打擊他心臟的陰鬱。心臟的跳動顯得很奇怪。有時候，心臟異常地響亮強烈，有時候，蜷縮在角落，微弱得讓亨利懷疑是否還在跳動。在龐畢度中心前方的廣場上，一名鼓著雙頰的小號手正在吹奏華金．羅德利果[71]的《阿蘭費茲協奏曲》[72]。蒙娜用雙手捧住她祖父的一隻手，並靠近她的鼻尖。古龍水的味道聞起來好香……。小號繼續奏出銅管音樂。蒙娜抬眼看向祖父，一臉狡黠又乞求的模樣。

「爺耶，」她對他說，「你家是一間漂亮寬敞的公寓，但是我們家很小，你知道的……。因爲爸爸和媽媽決定關掉舊貨店，所以必須把所有的箱子搬到別的地方……。爺耶，我拜託你，把箱子帶回你家！然後寫一本關於奶奶的書……。關於她、關於她的經歷、關於你、關於你們……」

蒙娜的請求讓他猶如遭到電擊。這一生累積的無數印象和情感在他腦中湧現，而這股洪流，儘管曾如此混亂，但在他看來都是有意義的，而那就是生命的意義。他回過神來，帶著蒙娜前往參觀克里斯蒂安·波東斯基的大型裝置作品。

> 二十個一模一樣的展示櫥窗（我們也可以說是二十個艙箱）陳列在三面牆上，這些展示櫥窗高一百五十公分、寬八十七公分、深十二公分，規律地一字排開。兩邊牆上各掛了七個展示櫥窗，前方牆面則掛了六個。這些壯觀的展示櫥窗有黑色的框架，頂部裝了霓虹燈，保護內容物的是像篩子般的極細直線網格，展示櫥窗之間的間隙非常小。每一個展示櫥窗內都堆滿了各式各樣的文件，尤其是大量的手稿或打字稿，尺寸各異，或多或少都有些皺摺，還有信件、印刷品、信封、拍立得相片、肖像與風景畫、塗鴉等等的彩色或黑白

---

71 華金·羅德利果（Joaquín Rodrigo，一九〇一—一九九九），西班牙作曲家。

72 *Concerto d'Aranjuez*

照片。這些物件全都來自二十世紀下半葉。這些展示櫥窗讓人聯想到偵探電影中常見的大型影像牆，還有完全由視覺和文字符號組成的看板，上面呈現的是偵探、謎團、罪行。

蒙娜知道，大家都認爲她有非凡的視力。可是啊！在這件裝置藝術前，她感到挫敗……。這件作品充斥著各種物品，混淆了這個孩子的感知雷達。她很快就明白，想要捕捉和吸收這些展示櫥窗中的一切是徒勞無功的。這件作品的標題是〈C.B. 不可能的一生〉，事實上，如果有什麼是不可能的，那就是想要吸收這樣的材料來重塑某種存在。因此，她漫無目的地從一個細節到另一個細節摸索著：這裡有一封英文信，那裡是粉橙色的羅曼．波蘭斯基[73]電影放映邀請函，另一個地方有硝石醫院[74]的聖路易小教堂平面圖，還有另一處是一張短髮男人的自動快照亭照片——這應該是藝術家本人……

「這一切都在竊竊私語。」最後她喃喃自語道。「或者更確切地說，是一種喧嘩，但是，是在喃喃低語的喧嘩……」

「向我解釋一下，蒙娜。」

「其實，爺耶，有時候，我們能很清楚地看到一件作品蘊含的意義，這就好像是它在說話。當塞尚畫了一座山，這就好像那幅畫在說：『我是一座山。』但有時候，一件作品，我們可能以爲它是無聲的，例如一幅抽象畫，這有點像是作品在保持靜默。但是這裡，這是截然有別的……。你看，爺耶，到處都有字詞、文章，而且這些字都很漂亮……。這些字詞是無法閱讀的，反正也無法全部讀完，所以，我們只是看著它們，隨便瀏覽一下，就這樣。展示櫥窗內的圖像也是如此。我啊，這些頭像經常讓我想到某個人，但我對這個人卻一無所知，然而，他卻會在我耳邊低語……」

「一面竊竊私語的牆……。確實是如此，蒙娜。妳要知道，很多時候，當我們面對一位藝術家的作品時，會問：『這是要表達什麼？』」

「喔，我其實一直在問自己這個問題！」

「這是正常的……。有時候，我們能解讀出某種意義。有時候，這是枉然或絕無可能的。而這個，這是竊竊私語。這是什麼意思？這個嘛，這意味著**這個**想要說的。我再跟妳

73 羅曼．波蘭斯基（Roman Polanski），一九三三年在法國出生，享譽國際的波蘭籍電影導演。

74 硝石醫院（la Salpêtrière）位於巴黎，創建於一六五七年。

說一遍，蒙娜，注意聽著：這意味著**這個**（他用力強調這個名詞）想要說的……。不是『這意味著**這就是這個**想要說的』，這種表達會結束討論，完全不是這樣的，而是『這意味著**這個**想要說的』。而這個並不會全部說出來，因爲這個說得太多或太少，而且想說的、知道要說的、說出我們想說的，這些都太難了。這就是爲什麼，正如妳清楚表達的那樣，這件裝置藝術在竊竊私語。它說它想要說些什麼，但或許它眞的不知道要說什麼。」

「爺耶，這眞的是難以置信，因爲在內心深處，我啊，我相信所有的作品都有點像這樣。我們覺得它們充滿了符號，而且講述了許多的故事……」

「……但是我們只能領會到其中一小部分。」

「就是這樣！」

「而最重要的是，這不僅是在解開謎團，更重要的是要感受它們蘊含的隱藏意義，這些意義會浮現、變動、然後消失。所以，作品永遠都是開放的。」

蒙娜睜著圓圓的大眼睛，突然顯得既開心又遺憾。

「怎麼了？」亨利擔心地問。

「當你解釋給我聽時，爺耶，這眞的是太美了。令人難過的是，我永遠難以像你這樣傑出……」

老人凝視著充滿檔案的展示櫥窗，有那麼一剎那，他想起克里斯蒂安·波東斯基的人生。與這件表面看起來如此莊重、有組織又嚴肅的紀念性作品相反，藝術家最初其實是個非常奇怪而且反社會的孩子。年少的時候，他不愛說話，像個怪人，整天足不出戶，只忙著捏成千上萬顆的小土球。亨利向蒙娜描述這位藝術家的第一批作品，其中有滑稽的畫作和木偶，相當荒誕。然後他講述了藝術家從一九八〇年代以來的大轉變，當時他因收集的大量金屬盒而眾所周知，這些金屬盒保存了數以千計通常與戰爭記憶有關的檔案。

「什麼是生命？」亨利以一種近乎神祕的語氣繼續說。「最後究竟還剩下什麼？剩下回憶，當然，此外還有遺留在他人生命中的痕跡。但是，在波東斯基這件作品前，有些東西既簡單得多，同時也無比複雜。所以，蒙娜，生命還剩下什麼？」

「唔，其實，爺耶，還剩下物件！一大堆物件！信件、照片、卡片、票根，就像我們在這裡看到的一樣，也像我們可以在任何人的大箱子裡找到的那樣。我啊，我知道奶奶的箱子裡有很多談論她和安樂死的報紙。」

「妳的祖母不是只留下這個。」

「啊！還有我的吊墜！」

「沒錯，確實。她的這些箱子，就像波東斯基的作品一樣，妳母親跟我幾乎把她留下的所有小東西和小物品都整理出來了……。妳知道她熱愛飯店酒吧的菸灰缸嗎？我記得，當時她還設法偷走它們（回憶此事，他笑了）！有一次，她從布里斯托飯店[75]悄悄溜走時，一名服務生還向她指出，她的手提袋在冒煙！」

他停了下來，放聲大笑。蒙娜撲向祖父，緊緊抱著他，深深吸著他的古龍水味道。站在波東斯基的這些艙箱中間，她的額頭抵著他的胸膛，然後開始前後移動，輕輕地、有節奏地敲擊著，彷彿她用頭敲著他的心扉。

「拜託你，爺耶……」

她想說服他寫這本關於柯蕾特．維耶曼的書。

「讓我們繼續吧，蒙娜。生命剩下的，就是物件，這些成堆的物件也有自己的生命。這些東西，這些小東西有時甚至不再有名字，因爲它們破舊了、壞掉了、碎掉了。但是，即使是在中學生的墨水瓶裡，或是在四葉幸運草中，妳都能夢見整個宇宙。」

「整個宇宙。」蒙娜重複道。

於是，她在波東斯基的作品前感到一陣暈眩，因爲她在每個構成作品的元素中，都看到了衆多時光走廊的交匯點。透過一種形而上學的直覺，她感受到即使是物質的最小單位，也都充滿了存在，直至無限。在物質的最小單位中，所有經過它的目光、所有它激起的感覺、所有它撫過的空氣的沙沙聲、所有圍繞它的聲波、所有它的變形、所有它對做自己的堅持，這些都在振動。然而，所有這些單位之間都在一個語義的網絡中相互交流，這個網絡是如此瘋狂、如此豐富，以致於它難以聽見這些語義。於是，竊竊私語隨之而來……

「在波東斯基的這件作品裡，」亨利繼續說道，「我們還必須檢視光線。」

「是的，爺耶，我知道你想說什麼。通常，光線會照亮雕塑或畫作，但是在這裡，這是截然有別的。光線在展示櫥窗內，這就好像作品在……」

「……自動發光。就是這樣，蒙娜。」

「奶奶會說，這些艙箱本身就一直都有光！但這是會變化的。有些字和照片看得很清楚，其他的幾乎都無法辨識，因爲它們被放在陰影裡。我覺得這有點像是林布蘭的明暗對照法。然後，還有，由於到處都是屬於藝術家的東西，我們可以說這是一幅自畫像。嗯……只是，自畫像很容易就能一次看透。然而在這裡，如果我們想要解讀一切、檢視一切、連結一切，那是絕無可能的。」

「沒錯，而且波東斯基並不認爲我們能夠重建他的生活與個性。這件作品類似於一種概念性的自畫像，但它不是眞正的自畫像。他希望的是每個人，包括妳和我，我們都能藉由將自己的生活歸檔，從他展示的內容中認出自己的生活。」

「自我歸檔。」蒙娜低語。

「我們可以這樣說。我們必須自我歸檔，因爲，無論我們是誰，是英雄或無名氏、是顯赫或默默無聞，只有在自我歸檔時，我們才能讓過去的記憶閃閃發亮。」

「你以爲我是隨便跟你說說嗎？爺耶，但我是認眞的。把所有跟奶奶有關的盒子都帶回去，把她和你的一切寫成一本書。把你自我歸檔，拜託，爺耶。」

52

皮耶·蘇拉吉

黑色是一種顏色

52

Pierre Soulages

Le noir est une couleur

醫師看到卡蜜兒和她女兒到來時，很感動。這將是最後一次看診，因爲馮．奧斯特醫師即將離開。他精湛的醫術結合催眠療法，引起了全球重要機構的關注，因此，他決定離職。

他不想在沒有與孩子告別的情況下就離開法國。更重要的是，他不想在沒有解釋孩子未來的情況下就悄然離開，因爲他擔心《蒙娜之眼》的診斷報告會過於晦澀難懂。他總結說，他的治療讓他發現，小女孩非常依戀她的祖母柯蕾特．維耶曼。蒙娜不僅跟她一起學會了走路，她們還一起大笑、玩耍，分享了無數難以察覺的小事件，這些事情塑造了幼年的她，蒙娜也因祖母的神祕早逝而經歷劇烈的精神創傷。由於柯蕾特的安樂死成爲家族禁忌，這種壓抑變得十分深刻。然而，在祖母與孩子的最後一次對話中，祖母送給孩子一條吊墜。這條吊墜最初在幾十年間扮演了象徵柯蕾特與亨利結合的聖物角色，但是吊墜被易手了，或者更確切地說，是易「頸」了。一旦掛到蒙娜的脖子上，吊墜便集中了這位早逝祖母的所有光芒。「忘掉負面的部分，我親愛的；永遠都要保持妳內在的光芒。」她過世前曾這樣說。小女孩在潛意識裡將這道光放進這個微不足道的物件裡，就是那對戀人在海灘上撿到的簡單貝殼。接著，在十歲的時候，創傷重現。一天，當蒙娜在做功課時，受到蟹守螺吊墜的干擾，她不以爲意地取下它。黑夜突然襲擊了她的雙眼，沒有任何足以解釋的原因。我們尋求診斷，但沒有任何的機能異常。所以，究竟是什麼造成的？是大腦，大腦在嘶吼著被埋藏的痛苦。第二次，當她在父親的舊貨店裡時，吊墜斷了，於是，黑夜再度降臨。接著是第三次，蒙娜在哈莫修依的作品前，她反射性地取下項鍊，結果又是一樣。醫師由此推論，這是一種「命懸一線」的病理學狀況。

「所以，」孩子問道，「這是說，如果我現在拿下吊墜，我還是會瞎掉？」

「不，不是這樣的。總之，我們只能說，這並不完全是這樣的狀況。」馮．奧斯特回答，臉上露出尷尬的神情。「但是，的確，最好是不要……」

「我親愛的，妳千萬不能把它拿下來。」卡蜜兒打斷他，擔心得臉都變紅了。

「如果不放心，最好是把它掛在脖子上，就像這個物件是妳身體的一部分。潛意識是一股異常強大的力量。」馮．奧斯特強調。

「我會非常小心的。」蒙娜回答。

接著是一段長時間的停頓。

「說到這一點，蒙娜，也不要忘了妳有非凡的視力。沒有人，或幾乎沒有人像妳這樣，妳要好好運用它；妳要觀察、記錄妳所看到一切。」

蒙娜握著醫師的手，回想醫師剛剛對她說的話。她的臉突然亮了起來，因爲她明白了爲何祖父要帶她去博物館。從一開始，所有這些參觀的目的就是透過他爲她選擇的珍品，讓她能自我**歸檔**，讓她能在心中將這些寶藏歸檔，而且如果有一天她失明，這些寶藏將永遠成爲她的色彩和喜悅的儲存庫。

*

從羅浮宮的第一堂課開始，一年過去了。蒙娜在這段期間裡成熟了，她已經不再是那個被亨利牽著，站在波提切利壁畫前的小女孩了。這兩個蒙娜，既如此親近，又如此遙遠，她們的和解只能等到很久以後度過青春期後才會發生，然而她們在一個基礎上達成共識，在她們的心中都矗立著這位如信號塔般的祖父，這座紀念碑、這塊受人愛戴的燧石。他就在那裡，在龐畢度中心前，優雅得令人難以置信，帶著刀疤的面孔上遊蕩著痛苦的句子。他如雷般地宣告這句話，就像是不得上訴的判決：

「這是最後一次了，蒙娜。」

孩子的內心深處已經知道這一點，卻不知道如何反駁。然而，必須有所反應，這不是爲了消除一個不存在的尷尬，而是因爲她很確信，必須採取一種合適的態度。他們手牽手，信步走進龐畢度中心，最後來到皮耶·蘇拉吉於二〇〇二年四月二十二日創作的畫作前——創作日期也是這幅畫的標題。然後，蒙娜內心浮現出一個能回應祖父重大宣告的滿意回應。

「既然這是最後一次，爺耶，那麼，換我了。」她開口道。

這是一幅色調黯淡的抽象畫，接近正方形，高兩公尺，寬兩公尺二十公分。它主要是由五條深色的帶子組成，這些帶子規律地水平排列在一大片均質的木纖維薄板上，並由四條淺色的粉彩線條將它們分開。纖維板本身疊加在第一層媒材上，看起來就像是一幅貼在另一幅畫上的畫，並在高度上完全覆蓋住底下的畫作，而在寬度上，露出底下畫作左右兩條十公分的垂直邊，清晰可見。這兩條垂直邊的每一側都有黑色的壓克力邊框，而在分隔它們與方形纖維板的縫隙裡，無論是右側或左側，都交錯著白色與暗色的區域。我們約略可以猜到，這些筆直或曲線的圖案，在一開始就被五條深色帶子組成的媒材所遮蓋。這些帶子完全不是單色的，我們可以感受到木材不斷變化的棕色色調、紋理和粗糙的表面。透過抹布塗抹，木材吸收了近乎透明的顏料，使生鏽的邊緣泛起栗色霧氣和灰色煙霧。這個過程產生了反射和光線。

亨利觀察著這件作品。就算蒙娜可能會在他背後消失、昏倒在博物館裡，或是在打瞌睡，但他完全不會知道，因爲他已經化身爲一個沉思者，把負責警戒和傳令的哨兵角色留給了蒙娜。至於小女孩，她將祖父作爲絕對典範的震撼形象深深刻在記憶中，他的頭髮平貼向後，姿態比以往更爲高傲，淹沒在這幅畫如迷霧般的大片陰影之中。她回想起奧菲斯和尤麗狄絲的神話故事，並自問，如果她的祖父轉身看向她，是否會將她推入黑暗之中。而且她不明白爲什麼，但她心想，總有一天，她也想愛上某個人，並被那個人所愛，就像亨利和柯蕾特彼此相愛那樣。一個小時過去了，準確來說是六十三分鐘，老人終於轉身。孩子站在那兒，既渺小又巨大。她吞了吞口水，深吸一口氣，開始說話。

「其實，」她用一種博學且穩重的口吻表示，「要看這幅畫，我們就必須像看以前那種充滿人物的畫一樣。因爲，與我們的想法相反，蘇拉吉的作品充滿了細節。但這些細節都是材料的細節、木板的細節，以及在表面浮動的光線細節。還有這四條用粉彩畫的白線，看起來就像是四道光線……。這就是我們必須要看到的。但是，要注意。」

「我正聽著。」

「我們也應該看到自己想看的……。因爲，我們應該讓每個人擁有自由。你知道的，很久以前，有人發明了一種測驗，這個測驗要求人們對墨漬做出反應。這些墨漬，它們可能像一顆心、一隻蝴蝶、一隻恐龍，但最重要的是患者腦袋裡想的東西。」

「所以？」

「所以，在蘇拉吉的這幅畫裡，有許多的圖像正在形成，但最重要的是每個人腦袋裡的東西。」

蒙娜在極短時間內所做出的解釋非常富有啟發性。亨利告訴她，皮耶·蘇拉吉於一九一九年在法國南部一個儉樸的家庭出生，他崇尚古代（甚至史前）的藝術與羅馬式建築，而且他年幼時曾畫過雪景。蘇拉吉成爲戰後抽象藝術的重要人物，與歐洲的漢斯·哈同以及美國的一些創作者齊名，其中一些美國創作者發展出與他相似的美學，例如弗朗茲．克萊恩、羅伯特．馬瑟韋爾，或甚至是馬克．羅斯科。這種美學是一種詞彙的美學，這種詞彙由明暗之間的鮮明對比構成，但使用的材質簡單、甚至粗糙，例如，用建築油漆工的刷子刷上核桃殼的棕色，或是在玻璃上塗瀝青。這種美學也促成了他在一九七九年的重大創新，當時蘇拉吉實驗了他的「黑出晦冥」，也就是具有發光性質的黑色，其紋理一旦有了動態變化，細微差異和閃爍亮光就會越加明顯。這些是「非黑之黑」。

「告訴我妳看到的形狀，蒙娜。」亨利用年輕人好奇的口吻開口問道。

「你仔細看，爺耶，例如，在第一條帶子裡，就上面那條，我看見庫爾貝的〈奧南的葬禮〉，還有一排哭泣的村民。你還記得嗎？我看到了哀悼。」

「那妳在下面的第二條帶子裡看到了什麼？」

「爸爸店鋪後方的房間，還有當我知道我的生日禮物是一隻小狗的時候。我看到了喜悅！」

「那在第三條呢？」

「我看見我三次爬上你肩膀時所看到的：米開朗基羅的〈垂死的奴隸〉、布朗庫西的〈空中之鳥〉，還有在奧塞美術館前跟你一起合照時。在這第三條帶子裡，其實，我看到了……（她沒有成功地找到合適的字眼）」

「……妳看到了成長，蒙娜。那在第四條帶子裡呢？」

「當大家都在操場上喧鬧時，我看到了騷動；然後是那次我被球打到，還有隨之而來的痛苦。我看到了暴力。」

「那在第五條裡呢？」

「我看到了字母。我看到了我成功在馮・奧斯特醫師那裡辨讀出來的小字母。我成功從遠處讀出了……誓言（她忘了希臘醫祖的名字）。」

「……希波克拉底誓言。」

「對，就是這個，希波克拉底誓言！然後，醫師向我解釋說，儘管我有一些令人擔心的地方，但我的視力非常好、非常精確。在這第五條帶子裡，我看到了療癒。」

亨利專注於畫作中這些暗色的帶子，而且剛剛對這幅畫有了更多的了解。因爲，蒙娜介紹這幅畫的方式，就是將每一個部分都賦予一個象徵意義（哀悼、喜悅、成長、暴力和療癒），她洞悉了寓意、道德和神聖的潛力。

「現在看看側面。」孩子繼續說，「我確信你已經注意到了，藝術家把木板和五條水平帶子貼在第一層媒材的上方，所以，第一層媒材就在下面。但是，由於蓋住下方媒材的木板有點窄，因此，右側和左側就留下了空隙。現在，看看這兩個空隙。你看到了什麼？下方的媒材被塗上了白色背景和黑色影線，藝術家接著把貼了帶子的木板疊加在這上面。」

「那麼，這代表什麼呢？」

「在賦予某個事物意義之前，爺耶，我們還是要欣賞它的美！我喜歡這兩條垂直的帶子，白色的間隙非常純白，黑色則是非常深的黑色，它們與上方木板的暗色帶子形成對比。在上方的暗色帶子裡，暗色的細微差異相互融合，取代了色調分明（她對自己的表達陳述感到自豪，甚至覺得自己像個成年人）。但是呢，我相信除了非常漂亮以外，這還有某種意義。」

「是什麼？蒙娜。」

「要看的東西永遠都比我們以爲的還要多。這意味著，我們必須知道如何看盡一切，以及看盡四方：除了中央，還有側面，從高到低、從低到高、從左到右、從右到左，但是，最重要的是，我們必須看到……怎麼說？」

「繼續，蒙娜……」

「這個嘛，唔，我們的目光必須超越我們眼前所見到的事物，因爲在木板底下，我們知道還有其他形式……。這些形式被藏了起來，但依然存於其他地方。蘇拉吉讓我們明白了這一點。」

「他讓我們知道，我們沒看到的東西是存在的。所以，蒙娜，依妳之見，對那些會說『黑色不是一種顏色』的人，蘇拉吉會怎麼回答？」

「這種說法好奇怪，因爲我們把所有的顏色混在一起，當然就會變成黑色！」

蒙娜停了下來，然後用一種嶄新的語調繼續說。她似乎有點被催眠了，她的說話速度變慢，她的目光沉入畫中，彷彿她的靈魂已經融入了這幅畫。

「是的，爺耶，就是這樣……我們的今日教導……多虧了皮耶．蘇拉吉。黑色是一種顏色。這甚至是一種無邊無際的顏色。」

尾聲
去面對你的風險吧

Épilogue
Va vers ton risque

有些假期並不是眞正的假期，因爲一切似乎都停滯了。萬聖節期間，白晝迅速縮短，窗戶緊閉，嘴巴不再喋喋不休，一切都籠罩在哀悼與悲傷的情緒中。在屋裡，當陰影降臨，空氣中的濕氣被冰冷的窗戶困住，並爲它們光亮的表面覆上一層不透明的水蒸氣，凝結成一層淚珠。週日憂鬱會持續整個星期。

現在，保羅的舊貨店已經關閉，而蒙娜覺得自己被背叛了。早在很久以前，她就獲得同意，可以去羅馬和莉莉一起度過這個秋季假期。但是，這個義大利之行的承諾，這個因此可以搭乘飛機而令人興奮的承諾，被推遲至一個如此含糊其詞的「下一次」，讓這個承諾變得殘酷無比。其實，蒙娜的父母一想到女兒會弄丟她的幸運吊墜，就焦慮得不知所措，卡蜜兒甚至爲這條鏈子換了一個加固的扣環。他們無法想像蒙娜遠離他們。

孩子躺在房間的地板上，仰望著天花板，做著白日夢。她相信她在水漬中看見了一張未知大陸的地圖，這些大陸分布在漂移的星球上。於是，她給這些國家和民族命名，隨心所欲地裝扮它們，賦予它們侏儒或巨人般的怪誕外型，然後她想像各種瘋狂的征服行動，例如橫越波濤洶湧的大海、史詩級的戰爭，以及最重要的崇高和解。她甚至沒有察覺，自己正高聲對這些腦海中的壁畫喃喃自語。

她周圍的一切都變了。擺脫了童年留下的痕跡後，她把父親舊貨店裡的物品放到騰出來的空間裡。那裡雖然一片混亂，卻散發出歡樂的氣息，其中還散落著教科書和衣服，看起來就像是一個小小的寶藏室。在這個雜亂的地方，我們看到了保羅的自動點唱機，蒙娜偶爾會讓它播放法蘭絲．蓋兒的歌曲。我們還認出刺蝟形狀的瀝水瓶架，她曾經很討厭這個東西，但現在她用一條像圍在她脖子上的釣魚線將它掛在天花板上。一些舊版珍藏書被悄悄放進了她的書架。然後，奇蹟般地，她找回一個未被賣掉的維爾圖尼家族小雕像，這名倖存者是撫著魯特琴的牧羊人。或許他就是奧菲斯。房間牆上掛著秀拉的海報、年輕學生送給她的羅丹雕塑作品〈沉思〉的諷刺臨摹畫，當然還有她和亨利在奧塞美術館前的合照。

卡蜜兒的電話在隔壁房間響起。她接了起來，然後蒙娜從母親帶著些許焦慮的不耐煩聲音中，猜測電話那頭應該是她的祖父。卡蜜兒顯然非常緊張，不斷地踱步，一再地否定著什麼。所以，她到底在拒絕什麼？蒙娜透過相當簡單的推理，明白發生了什麼事。亨利在懇求讓他孫女至少能離開蒙特伊幾天。她緊挨著牆，雙手貼在牆面上。她的母親最後似乎讓步了。

「停，好吧、好吧。」她一直在重複這句話。接著，幾分鐘後，她掛上電話並怒吼：「蒙娜，我知道妳就在門後，妳全都聽到了！」

孩子調皮的笑聲逐漸遠去，消失在房間裡。卡蜜兒跟著走進房間。是的，她可以短暫離開。是的，宇宙可以陪著她。她終於承認，如果亨利保持警覺，她的女兒確實不會有危險。

「妳祖父要我轉告妳塞尚的這句話（她拿出小抄）：『應當從自然走向羅浮宮，再從羅浮宮回歸自然。』好吧，我完全不懂，但是他想要帶妳去看聖維克多山。」

「喔！這太棒了，媽媽！謝謝！我最愛的媽媽！」

「妳要很小心。知道嗎？再讓我看看妳的扣環……」

*

在亨利和蒙娜之間，如今瀰漫著對那些祕密的懷念之情。能將另一種眞實嵌入現實之中，這實在是太宏偉、太美妙了，從未有人受邀進入這樣的境界。但總有一天，我們必須放棄這種雙重現實，這是多麼痛苦……。所以，或許朝聖是必要的，這樣才能向這些平行生活「永別」？或許這就是旅行逐漸浮現的意義？或許。

在高速列車上，蒙娜注意到她的祖父沒有在看書。他似乎在思考，神情嚴肅，孩子決定讓這個表情消失。爲此，她想要向他展示放在口袋裡的東西。

在這五十二個星期三裡，她和他一起發現了五十二件作品。生日那天，她收到一副塑膠撲克牌作爲禮物，她在每一張卡片背後貼上畫作、素描、雕塑、照片、裝置藝術的複製圖像，這些都是她與祖父一起看過的作品……。她隨身攜帶的正是這五十二張已經完成的卡片，但她沒有將那副撲克牌直接交給祖父，而是隨手放在面前的桌上。很顯然地，這引起了老人的好奇。

「這是什麼？蒙娜。」

「只是我的撲克牌而已，爺耶。我把所有我們一起看過的作品都貼上去了。」

「妳是說，妳把五十二件博物館的作品都貼到相對應的象徵卡片上了？」

「我想是的。」

這些回憶湧上亨利的心頭，但是他謹愼地避免露出困惑的模樣。蒙娜眞的完成了這個了不起的舉動？貼切地將每件作品與其說明和價值聯繫起來？這眞的形成了一個完整的遊戲嗎？好奇心驅使亨利拿起卡片盒，逐一檢視。奇蹟在他眼前出現了。儘管他的速度很慢，但這彷彿是將過去一年濃縮而成的故事，在他孫女的神奇創作中體現出來。

「蒙娜，妳做的事實在是太棒了！對於我們一起度過的這十二個月，妳所做的，已經展現出最高的敬意了。這副撲克牌是一件眞正的藝術作品。」

「謝謝。」她害羞地回答，驕傲地微微噘起嘴。「那你呢？爺耶，你會寫那本有關奶奶的書嗎？」

「會的，我會寫那本書。」

蒙娜依偎著他，開心地尖叫。幾名乘客轉頭看她，臉上露出成年人對孩子們的過於熱情而感到不以爲然的表情。她本來想對他們吐舌頭，但是想到了一個更好的主意。

「喔，爺耶，我們可以去餐車嗎？你可以喝咖啡，我喝巧克力，然後你跟我說說奶奶的事。走吧，爺耶，拜託。」

亨利點了點頭。他帶著蒙娜走向餐車，並肩坐在一張大窗戶前的兩張凳子上。蒙娜一口氣喝完她的飲料，老人卻幾乎沒有碰他的飲料。是時候該解開這個神祕的桎梏了。在這列以閃電般的速度，帶著天空與大地一起穿越法國的火車上，現在正是時候。於是，他開口了。

他說，柯蕾特是第二次世界大戰時一名反抗軍的女兒，這名反抗軍是一位天主教徒暨保皇黨成員，他被納粹俘虜後，在牢房內服用氰化物自殺，以免在酷刑之下供出他的同伴。從這個英勇且悲慘的事件中，他的孤女汲取了兩個教訓。第一個是信仰上帝能賦予驚人的力量，因此她成了一名虔誠的基督教徒。第二個是選擇死亡的重要性，因此她成了支持安樂死的社運人士。

亨利和柯蕾特深深相愛。他們在撿拾蟹守螺的海灘上確認這段激情關係時，柯蕾特要亨利承諾，如果有一天，她決定要死去，他不能阻止她。他答應了。在一九六〇與一九七〇年代，柯蕾特．維耶曼率先投入推動安樂死的運動，儘管她從未完全放棄自己的宗教信仰，卻仍然遭遇來自保守人士和教會非常猛烈的毀謗，媒體上也出現令人憎惡的攻擊。然而，柯蕾特從來就沒有灰心。她奮力抗爭，從未停歇。她的不安在於她意識到，醫學進步固然值得讚許，但也引發了自相矛盾的局面。隨著我們發現延長生命的方法，可以讓人活到九十歲或一百歲，有時甚至更久，隨著我們突破人體的自然限制，神經退化性疾病也出現了，這些疾病有時會使高齡成爲難以接受的遲暮之年。柯蕾特．維耶曼積極推動安樂死，是爲了喚醒大衆的意識。她在某些國家取得了成功，例如比利時和瑞士。然而在法國，這個過程更加艱難，但這無法阻止她以仁慈且溫暖的方式，祕密陪伴那些寧願結束生命而非繼續受苦的患者走完最後一程。

必須說的是，柯蕾特擁有令人驚嘆的開朗個性，她極其風趣，身邊總是圍繞著許多朋友。她抽菸、欣賞美酒、探戈跳得比誰都還好。她擁有難以置信的熱情，幾乎無法抑制，偶爾心血來潮會收集一系列奇特的物品：礦物、明信片、稀有的織品、杯墊……然後是名聞遐邇的維爾圖尼家族小雕像。

一個冬日，年逾七十的柯蕾特頭痛欲裂，然後是持續的麻刺感和觸覺障礙。更糟的是，她無法控制自己的動作，有時甚至不知道香菸掉了。她去看診，診斷結果出來了。她罹患了一種罕見疾病，會漸漸侵蝕大腦系統，而且無法治療，這種病是阿茲海默症和帕金森氏症（以一位傑出美國醫師的名字來命名）的混合型疾病。「啊！上帝在桌子底下偷偷對我示意，要我去跟祂會合。」她這麼說是爲了緩解這場悲劇，而且她確實是這樣想的。

然後，她開始透過她的小雕像收藏來維持記憶。她給每一個雕像取名字，並爲它們編撰簡短的虛構傳記。每天早上，她會隨機拿起一個小雕像來訓練自己的大腦，她必須回想起自己編織的故事。起初，這項練習對她來說沒什麼問題。她可以從紙箱裡取出一個丑角、一個步兵、一個洗衣婦，或是一頭孟加拉虎，她總是能切中要害，並表現出一種孩童般的天眞。醫師有可能搞錯了嗎？

然後，一天早上，她被一個名字困住了、第二個名字消失了、第三個與第四個名字混淆了。疾病開始占上風。病情迅速惡化，發作變得更加頻繁，直到發生了一件令人窒息的殘酷事件。柯蕾特拿起一個躺在長凳上的年輕男孩雕像，感覺自己完全忘了她爲這個小雕像編造的一切；而這個鉛製人像、這張長凳、這個躺臥的姿勢、這些顏色、這些形狀，都被語義的虛無所籠罩。話語突然枯竭，隨之消失的還有世界的意義。大腦開始猶疑不定，準備陷入混亂。於是，柯蕾特在恢復片刻清明後，決定必須結束這一切。要有尊嚴，但要快速，要在變成一個只會呼吸的呆滯者之前結束這一切。卡蜜兒抗議這個決定，因爲衰退的跡象對她來說太過微弱，她對於父親沒有介入，阻止妻子走向命運的終點而感到非常憤怒。但是絕望的亨利曾經向他生命中的摯愛做出承諾。一切以一頓充滿情感、令人動容的聚餐作爲結束，柯蕾特的朋友們齊聚在她身邊，舉杯送她走向來世。她容光煥發，無所畏懼。最後，她對孫女說了這些話：「忘掉負面的部分，我親愛的；永遠都要保持妳內在的光芒。」然後她前往診所，而亨利寧願忘記這間診所的名字。

火車動也不動，蒙娜也是。在祖父講述的過程中，她感覺自己一直屏住呼吸，彷彿她要讓自己凝固，才能遏制淚河如江流般湧出。而現在，亨利默不作聲，她覺得淚河成了洪流，奔向堤防，使之潰決。但是這股急流突然停住了，因爲蒙娜聽到車廂沉重的門關閉的聲音。她緊抓著吊墜，望向窗外，看到一個巨大的標誌寫著：「艾克斯普羅旺斯」。然後火車開動了。

「爺耶，爺耶，我們過站了！我們忘了下車了！」

「別擔心。」老人低聲說道，嘴角掛著微笑。

「爺耶，聖維克多山！」

「我們要去更遠一點的地方……」

遠一點？那是哪裡？他們要去哪？令人驚訝的是，這位祖父依舊對這些冒險充滿熱情。有些人的生活是一條直線，其他人則處於分岔路口。亨利直到生命終了，毫無疑問都是屬於這第二類人。聖維克多山可以等。另一個紀念物要先迎接他們。

蒙娜和亨利在向南約五十公里處停了下來。那是卡西火車站[76]。他們下車後，沿著一條小徑走去。

*

多麼明亮啊！在午後陽光的指引下，蒙娜瞥見她的周圍有巨大的笠松。接觸到大海的味道與空氣中如珍珠光澤般的透明感後，火車上的遲鈍感消失了。幾條雲帶呈現出淡紫和淺黃褐色的色調，蒙娜奔向浪濤。這個秋日的陽光令人陶醉，自夏日離去後，皮膚上殘留的灼熱感已經減緩了。她在飛翔中停了下來，等待奔馳的宇宙。蒙娜展開雙臂，面向太陽。她凝視著太陽，沒有眨眼，甚至也沒有瞇眼。

她發現地上有一根棍子。

「去找棍子，宇宙！」

這隻動物突然加速，用牙齒咬住這段木頭，得意地把木頭高高刁起，但隨即發現牠不知道該做什麼。牠應該把木頭帶回去給主人？還是靜靜地啃木頭？牠遲疑了一下，轉過頭來，小跑步回到孩子身邊，步伐顯得有些猶豫。

「眞棒，我的狗狗！」

那麼，亨利在哪兒？在她後方。蒙娜注意到他修長的身影。他看起來既像個年輕人，又像個鬼魂。然後，他走到她身邊，蹲了下來，看著她那纖細的頸子並對她說：

「就是現在，我以世上所有美好的事物向妳發誓。現在……」

亨利說完後，一陣風捲了起來。孩子愣了幾秒，皺起了眉頭。她明白了。所有她稍早在火車裡強忍的淚水再次奪眶而出。她掙扎、遏制淚水，最後點了點頭。

這個海灘，就是六十年前見證亨利和柯蕾特互許諾言的那個地方。這個海灘，就是見證他們一起拾起簡單的蟹守螺，並把它們做成護身符的那個地方。所以，就是現在……。就是現在，我們必須試著療癒，就像我們冒險一試，將幸運物歸還給不屬於我們的生命軌跡，如此才能眞正從中解脫，找回自己。蒙娜感到恐懼，這種恐懼讓人覺得千萬不要嘗試任何事情，否則就有可能毀掉一切。

76 Gare de Cassis

而這份最初的恐懼與第二個突然湧現的恐懼交織在一起。「總有一天，爺耶也會死掉。」總有一天，他會因年老而離去，他會眞正的、永遠的離開，前往另一個世界。她會失去他。

事實上，這就是童年必須學習的：失去。就從失去童年本身開始。只有在失去童年的同時，我們才明白什麼是童年，而且我們學到的是，我們將永遠失去一切。我們學到的是，「失去」是感知生命與當下存在強度的必要條件。我們相信，「長大」就是經驗、知識以及物質的不斷累積。但這只是一種幻覺。長大，就是失去。活出自己，就是接受失去這個事實。活出自己，就是懂得在每一個瞬間向生命道別。

但是，蒙娜無法這樣思考。而且，即使她這麼做了，她的恐懼也不會消失。失明的威脅確確實實地顯現出來；**失明**是很具體的、有形的，而在這些時刻裡，那些深奧的話語變得渺小、微不足道、無法聽見，完全被眼前的危險所壓垮。

「蒙娜，去面對妳的風險吧。」

「好的，爺耶。」

孩子生平最後一次緊握吊墜，輕輕地把它取下。一陣隱約的戰慄讓她顫動，但她仍然繼續自己的動作。釣魚線越過下巴、嘴唇和耳朵，穿過頭髮，然後離開了頭部。

蒙娜突然有一種蒼蠅在眼睛裡飛舞的可怕感覺。這些小蟲子聚在一起，形成了一個不斷擴大的群體。現在，貝殼就在她的右手掌裡，加上纖細的手指，看起來就像是一個大理石製的珠寶盒。暗夜不僅籠罩了她的目光，也以她的瞳孔爲中心，形成螺旋狀的旋風。蒙娜再也看不見任何東西了。她的思緒翻湧，周圍的世界慢慢消失。她頭暈到令她無法發出任何聲音，甚至連抱怨的力氣都沒有，一道深淵正在她腦海中的黑暗處形成。她還有意識嗎？她緊抓著那股思緒洪流，就像遇難者抓著飄浮在海浪上的圓木一樣。「黑色是一種顏色」，她終於說出了這句話，就這樣，這個句子在黑暗中照亮了某些角落。一個星座浮現出來，越來越明顯，讓某種意想不到的清晰從虛無中顯現。蒙娜覺得，在這個支離破碎的渾沌中，她再次見到那些在這一年裡所觀察的作品中蘊藏的親切臉孔和啟發心靈的形式，直到光暈讓一個愛慕的形象變得清晰。柯蕾特在那裡。這樣的感覺溫柔得難以置信，蒙娜渴望與她融爲一體，只需做夢就足以實現了。

但是，柯蕾特再次消散，然後，透過某種無形的信號，她似乎在懇求孩子離開她進入的隧道，更重要的是，永遠不要回頭。「奶奶！喔，留下來！奶奶！奶奶！留下來！留下

來！留下來！」然後，她的眼皮再次變得沉重、顫抖。

蒙娜感受到了一股壓力，似乎是她祖父削瘦的手指放在她的鎖骨上。她也感受到了一種粗糙的撫摸，像是小狗的舌頭在舔她的手掌。她在與自己掙扎，拚命眨著眼睛。雙眼打開了嗎？然而，她還是什麼都看不見。她繼續再繼續，終於回過神來，但是，不，還是什麼都看不見……

然後，終於，淚水湧了出來……。這些小女孩強忍的淚水，這些在成長過程中我們學會乖乖壓抑的淚水，這些童年時難以抑制的淚水，終於奪眶而出，沒有什麼能阻止淚水的降臨。淚水洗淨了蒙娜身上所有的煙灰、所有的碎屑和所有的灰燼。突然，藍色出現了！或許看起來一塊一塊的，但那是藍色！黃色！喔，是黃色！如閃電般，好吧，但那是黃色！紅色，天哪，真的是紅色，當然是有分層，但那是紅色！然後，這些顏色融合在一起，蒙娜辨識出了一點綠色、一絲淡紫色、一抹橘色。受邀參加這場宴會的各式色彩包括了鮮紅色、茜草紅、紅紫色、珊瑚色、莧紅色、硃砂色、醋栗色和茜紅色。線條出現了，立體感很快隨之而來，這是世界肉身的狂野起源。

亨利的手沒有離開蒙娜的肩膀，他不發一言。至於宇宙，牠一陣一陣地重複著牠特有的連續兩聲吠叫，意思是「是」。蒙娜睜開眼睛。她把蟹守螺放回昔日挖掘它的精確位置。她將沙子輕輕地撫了過去，當視力恢復後，她清楚看到了數百萬顆沙粒像星星潮浪般，正將貝殼掩埋起來。

聖殿已經完成。

她站起身來，走了幾步後，深吸一口氣，喜悅湧上心頭。蒙娜獲得了一點動力，帶起了一陣旋風。她開始旋轉，輕輕地，旋轉了一圈。她像陀螺一樣旋轉，或是像燈塔的光束般旋轉。隨著她的動作加快，她的重心也隨之分散。她看見了水邊的岩石、松林的綠蔭、北邊的山脈、東邊的屋頂、外海的船隻，然後再次看到岩石、松林、山脈、屋頂、船隻、岩石、松林、山脈、屋頂、船隻……。她不停地旋轉，岩石與松林、松林與山脈、山脈與屋頂、屋頂與船隻、船隻與岩石，這些都交織在一起。她繼續旋轉，周圍的世界隨之幻化成色彩繽紛的層次，再也無法辨認出任何的事物。蒙娜感到頭暈目眩，直到步履蹣跚。她倒在沙灘上。

回過神來，她直直看向前方。多美啊。這片琥珀色小沙漠，被泡沫不斷地擠壓，多美啊……。在飛翔的白色海鷗下方，湧起的碧綠色波浪多美啊……。清澈的地平線，那裡，就在那裡，那美好的清澈地平線，多美啊……

亨利靠近她。當她旋轉時，他覺得她就像是維梅爾的〈戴珍珠耳環的少女〉[77]，她的身體彷彿掙脫了從四面八方籠罩住她的黑暗。蒙娜彷彿剛從一場漫長的旅行歸來，他從她身上感受到了這段旅程的共鳴。亨利把如宇宙般寬廣的雙臂伸向蒙娜那顆漂亮、圓圓的頭。她對他微笑，有點恍惚，然後緊緊摟住他。

「喔，爺耶……多美啊，這一切。多美啊，**超越一切的一切**。」

---

77 *La Jeune fille à la perle*

湯瑪士·謝勒斯作品

論著

·《安娜—伊娃·伯格曼，光輝人生》(*Anna-Eva Bergman–Vies lumineuses*)，巴黎，伽里瑪出版社 (Gallimard)，2022。
·《喚夢》(*Faire rêver*) ，巴黎，伽里瑪出版社，2019。
·《非人本位的宇宙》(*L'Univers sans l'homme*)，巴黎，哈贊出版社 (Hazan)，2016；榮獲法蘭西藝術院 (académie des Beaux-Arts) 的貝尼耶獎 (prix Bernier)。
·《藝術與審查》(*L'Art face à la censure*)，巴黎，藝術出版社 (Beaux-Arts éditions)，2011 (2019年再版並增訂)。
·《保羅·什納瓦，失敗的紀念碑 (1807-1895)》(*Paul Chenavard, monuments de l'échec, 1807-1895*)，迪戎，Les Presses du réel 出版社，2009。
·《庫爾貝的評價，現實主義的幻想與民主的悖論 (1848-1871)》(*Réceptions de Courbet, fantasmes réalistes et paradoxes de la démocratie, 1848-1871)*，迪戎，Les Presses du réel出版社，2007。

藝術入門作品

·《女性裸體的揭密史》(*Une histoire indiscrète du nu féminin*)，巴黎，藝術出版社，2010。
·《繪畫百謎：美的解析》(*Cent énigmes de la peinture – la Beauté*)，巴黎，哈贊出版社，2010。
·《庫爾貝的日誌》(*Journal de Courbet*)，巴黎，哈贊出版社，2007。
·《庫爾貝，不合時宜的畫家》(*Courbet, un peintre à contre-temps*)，巴黎，史卡拉出版社 (Scala)，2007。

小說

·《被玷污的聖母》(*La Vierge maculée*)，巴黎，焦點出版社 (Point de mire)，2004；榮獲法國郵政基金會德拉韋伊沙龍展 (Salon de Draveil / Fondation La Poste) 的首部小說獎。